はどっちだ

愁堂れな

幻冬舎ルチル文庫

CONTENTS ✦目次✦

乗るのはどっちだ

✦カバーデザイン＝吉野知栄（CoCo.Design）
✦ブックデザイン＝まるか工房

イラスト・麻々原絵里依✦

乗るのはどっちだ

1

「えー、ハヤト、今日まだ来てないのぉ？」

不満げな客の高い声が、ホストクラブ『ホワイト・ラブ』の店内に響き渡る。今日は確か『同伴』と言っていたなと思い出すも、さすがにそれを告げることはできないと、青江御幸《あおえみゆき》はその客に向かい、極上のスマイルを浮かべてみせた。

「ごめんなさい、ユキさん。ハヤトさん、今日は遅出《おそで》なんです。それまで俺、繋《つな》ぎますんで」

さあ、どうぞ、と店内に導こうとした青江の腕を客が――ユキという源氏名のキャバ嬢がむんずと摑《つか》み、己《おのれ》のほうへと引き寄せる。

「同伴でしょ？　誰よ、相手」

大方の女性は青江の笑みにはぼうっとなる。それだけの魅力を充分兼ね備えている美貌《びぼう》の持ち主であることは自己ばかりでなく他者にも認められるところなのだが、頭に血が上っているユキには青江の魅力が通じなかったらしい。

耳許《みみもと》に唇を寄せ、きつい語調で問いかけてくる彼女は、『ミルキィ・ドールズ』という有名キャバクラの人気キャバ嬢なのだが、さすがとでもいおうか、既《すで》にお目当てホストの『同伴』を見抜いているだけでなくその相手をも見抜いていた。

「『キャンディ・ポップ』の萌絵《もえ》でしょ。違う？」

そのとおり。思わず頷《うなず》きそうになるのを青江が堪《こら》え、

「さあ、どうぞ」

と強引に彼女を席へと導こうとしたそのとき、勢いよく店の扉が開いたかと思うと、話題の主であるナンバーワンホスト、眉月《まゆづき》ハヤトが店内に駆け込んできた。

「ハヤト！」

真っ先に気づいたユキが文字通り『喜色満面』の表情となり、眉月に駆け寄っていく。

「やだぁ、同伴じゃなかったんだ？」

嬉《うれ》しげな声を上げ、ユキが眉月に抱きつく。が、眉月の反応はいたって鈍く、青ざめた顔のまましきりに店の外を気にしているように見える、と青江は眉を顰《ひそ》めた。

「ハヤト？」

なんのリアクションも起こさないことを訝《いぶか》り、ユキが抱きついていた腕を緩め眉月の顔を覗《のぞ》き込む。

「あ、悪い」

ようやく我に返ったようで、眉月の顔に笑みが戻る。が、端整な彼の顔に浮かぶその笑みは——普段であればいわゆるユキのような『太い客』をメロメロにするほどに色気のあるは

ずのその笑みは、今日は魅力のかけらもない愛想笑いと化していた。

「……ハヤト？」

ますます訝る様子を見せるユキに眉月が何かフォローの言葉を口にしようとしたそのとき、いきなり店のドアが勢いよく開き、その直後にドタドタと大勢の男たちが店内に雪崩《なだ》れ込んできたものだから、ほぼ満席となっていた客席の女性たちも、そして従業員たちも驚きに見舞われた結果パニック状態に陥り、店内は一瞬にして騒然となった。

青江は当初ヤクザの出入りかと思い、面倒なことになったと眉を顰めたものの、すぐさま自分の勘違いに気づき、ますますやっかいなことになったと顔を歪《ゆが》めた。

「警察だ！」

先頭に立ち店内に駆け込んできた長身の男が凛《りん》とした声を張り上げる。

やっぱり——納得している人間は、店内には青江以外いないらしく、客や従業員はますますパニック状態となり、客の何人かは面倒を避けたいという思いからか、はたまた何か後ろ暗いところがあるためか、店の外に出ようとしドアに駆け寄った。

「静かに！　動かないで！」

男が声を張り上げたあとに背後を振り返り、厳しく命じる。

「ドアを封鎖。誰も外に出すな」

「はっ」

あきらかに長身の男より年長に見える中年の刑事が畏《かしこ》まって返事をするのを見て、この場を取り仕切っているあの若い男は相当階級が上なのか、と青江は改めてその男の顔を見た。俳優のような二枚目である。凛々《りり》しい、という表現がぴったりくる理知的な容貌《ようぼう》をしていた。しかも階級が上となれば、さぞモテることだろう。気になるといえば酷《ひど》くプライドが高そうなところか。

青江が観察していたのは一瞬だった。次の瞬間には、果たして警察が何を取り締まりにきたのかと、その可能性へと思考を向けたのだが、不意に背後で、

「うわーっ」

と切羽詰《せっぱつ》まった男の悲鳴がしたと同時に、振り返るより早く、それこそ弾丸のような勢いで彼が——眉月がユキや他の客たちを突き飛ばし、ドアへと向かっていった。

「おいっ」

あまりの勢いに刑事たちが一瞬臆したその隙《すき》をつき、眉月はドアの前に立っていた刑事をも体当たりで吹っ飛ばすと、そのまま外へと駆け出した。

「何をしている！　追え！」

「ハヤト？」

長身の男が慌てた様子で部下に命じ、刑事たちが皆、眉月を追って店を出ていく。

「え？　どういうこと？」

「ハヤトさん、どうしたんだ」

客が、従業員たちがそれぞれに戸惑いの声を上げるのを背に、青江は警察のあとを追い店の外へと駆け出した。客や同僚のホストが青江のあとに続いて外に出たようだが、青江は彼らを振り切る勢いで、非常階段を駆け上った。

店はビルの地下にあるため、普段出入りはエレベーターでするのだが、今は待っている時間が惜しいと思ったのである。

外に出たあと、どっちへ行った、と青江が周囲を見回したそのとき、ドンッという衝突音と共に車の急ブレーキの音が響き、まさか、と音のしたほうに青江は向かった。

「…………」

歌舞伎町《かぶきちょう》の一角には今や人だかりができていた。人々の間から透かし見た路上に、見覚えのあるスーツ姿の男が倒れている。

顔は見えなかった。頭部からはかなり出血しているらしく、路上に赤黒い染みができていた。

あれは死んでいるな——思わず溜《た》め息《いき》が青江の口から漏《も》れる。

見てはいないが轢《ひ》き逃げだろう。犯人の目星はついている。おそらく組織の人間に違いない。目的は口封じ。

暫《しば》し呆然《ぼうぜん》とその場に佇《たたず》んでいた青江の胸に怒りがふつふつと湧き起こる。

警察も警察だ。どうしていきなり踏み込みなどしたんだ。まったく、と憤《いきどお》っていた青江は、不意に背後から肩を叩かれはっとして振り返った。

「君、店にいたな。眉月ハヤトの同僚だろう？」

声をかけてきたのはあの、長身の二枚目刑事だった。薄暗い店内、しかもあの一瞬でよく覚えていたな、と感心しつつも、逃《のが》した魚の大きさに苛立《いらだ》っていた青江はつい、ぶっきらぼうに問い返してしまった。

「あなたは？」

見たことのない顔だ。所轄か。それとも警視庁内で異動でもあったか。内心首を傾《かし》げていた青江を前に、刑事は微《かす》かにむっとした顔になったものの、すぐさま内ポケットから手帳を取り出し開いてみせた。

「警視庁、捜査一課の紅原《こうはら》だ。店に戻ってもらおうか」

「捜査一課？」

殺人等の凶悪犯罪を担当する捜査一課がどうして。戸惑いの声を上げた青江の腕を掴むと紅原と名乗った刑事が青江を引き摺《ず》るようにして店に向かい歩き始めた。

「ちょっと待ってくれ。眉月ハヤトは一体何をしたんだ？」

自分が追っているのと同件ではないのか。問いかけた青江を紅原が振り返る。

「もしや君は『ユキト』か？　眉月と店内では一番親しかったという……」

源氏名を決めるときに本名の『御幸』から『ユキ』を流用したのだが、その源氏名をつけてくれたのは眉月だった。親しいといえば親しかったが、それは目的があって近づいたためで、それ以上でも以下でもない。

「ユキトなんだな？」

返事を躊躇《ためら》っていた青江に、再度紅原が問うてくる。

「ああ、そうだけど……」

頷いたあと、事情を説明しようと口を開きかけたときには、青江は腕を取られたまま方向転換させられていた。

「署で事情を聞かせてもらおう」

「え？　いや、ちょっと待ってくれ」

慌てる青江を紅原は強引に引き摺るようにして覆面パトカーへと向かっていく。ここで騒ぐと後々面倒なことになりそうだ、と青江は早々に諦《あきら》め、溜め息を漏らしつつ己の腕を摑む紅原の手を上から握った。紅原がはっとした様子で振り返り青江を見やる。

抵抗しようとしたと思われたか、と察した青江は、にっこりと微笑《ほほえ》むと、ぽんぽん、と紅原の手を上から軽く叩いた。

「大丈夫だ。逃げやしない。ただ、ちょっと痛いんだ。力、緩めてくれないか？」

「……………」

青江を見る紅原の目に浮かぶ疑惑の色がますます濃くなる。一瞬彼は何か言いかけたが、すぐに思い切った様子で抑えた溜め息を漏らすと、

「来い」

と幾分力を緩めたものの、握ったままになっていた腕を引き寄せるようにし、歩き始めたのだった。


紅原が青江を連れて行ったのは、ホストクラブ『ホワイト・ラブ』を管轄する新宿署だった。

通されたのは第二取調室で、いきなり容疑者か、と眉を顰めた青江に対し紅原は愛想なくひとこと、

「部屋が空いてなかっただけだ」

と告げ、座るよう目でパイプ椅子《いす》を示してみせた。

「…………」

先ほどちらと見た警察手帳では、紅原の役職は警部だった。年齢はおそらく同じくらいではないかと——三十前後ではないかと思われる。ノンキャリで警部なら出世頭《がしら》だな。そん

なことを考えながら青江は大人《おとな》しくパイプ椅子に座り、向かいの席に腰を下ろした紅原を真《ま》っ直《す》ぐに見つめた。

「まずは名前を。『ユキト』は源氏名なんだろう？」

紅原が前の机に両肘《りょうひじ》をついて手を組み、その上に顎《あご》を乗せ問いかけてくる。

かっこつけているな。まるでテレビカメラを意識したようなポーズだ、と青江はつい笑いそうになった。

本人、意識してやっているのか。それとも天然か。やはり意識しての『かっこつけ』なんだろうなと思いながら青江は密かに彼の容姿を観察した。

きりりとした眉。通った鼻筋。切れ長の黒い瞳の鋭さと、広めの額《ひたい》が知性を感じさせる。引き結ばれた唇の形もまたいい。非の打ち所のない二枚目ではあるが、かっこつけが過ぎるな、と内心苦笑しつつ青江は、安手のぺらっとしたスーツの内ポケットに手を突っ込むと、中から取り出した身分証明書を紅原に対し示してみせた。

「麻薬取締官の青江御幸です。『ホワイト・ラブ』には捜査のために潜入していました。疑うのなら厚生労働省に問い合わせてくれてもかまいません」

「マトリ……？」

紅原は驚いたように目を見開いた。が、すぐに青江の示した身分証に貼付された写真と青江の顔を見比べると、やにわに立ち上がり部屋を出ていった。

実際、確かめに行ったのだろう。しかし麻薬取締官の潜入捜査にああも驚いた様子であったことは気になる、と青江はパイプ椅子の背もたれに背を預けつつ両腕を組んで天井を見上げた。

『ホワイト・ラブ』に踏み込んできたのは、麻薬絡《がら》みの捜査ではないということか。狙《ねら》いは眉月ピンポイントだったようだが、麻薬でなければなんの容疑だったのか。

このところ眉月には貼り付いていたが、特に思い当たるようなことはなかった。麻薬売買の窓口になっている以外、犯罪にはかかわっていないように思えた。

そのあたりは外していないはずだが。首を傾げていた青江の前で取調室のドアが開き、再び紅原が入ってきた。

「確認が取れました。青江さん、大変失礼しました。もうお帰りくださって結構です」

深く頭を下げる紅原に対し、ここで解放されても、と青江もまた立ち上がり紅原に歩み寄った。

「すみません、眉月にはどういった容疑がかかっていたのですか？」

「それは……」

紅原は一瞬言いよどんだものの、すぐに黙っていられるものでもないかと心を決めたらしく、

「わかりました」

と頷くと「どうぞ」と再び青江に席を勧めたが、その仕事は先ほどよりも随分と敬意を払ったものだった。

「失礼します」

青江もまた彼に敬意を払いつつ頭を下げ、席に戻る。紅原は青江の前に腰を下ろすと、先ほどと同じ、両肘を机についたポーズを取り口を開いた。

「眉月ハヤト――本名眉月靖彦《やすひこ》にかかっているのは殺人容疑です。犯人は彼で間違いなく被疑者死亡で送検される予定です」

「殺人容疑？　誰を殺したっていうんです？」

意外すぎる容疑に青江は思わず身を乗り出し、紅原に問いかけてしまった。

「客のキャバ嬢です。『キャンディ・ポップ』勤務の丸山祐美《まるやまゆみ》、源氏名は萌絵、でしたか。ご存じですか？」

「ええ……ええ、知っています。しかし眉月が彼女を殺したとは考えがたいです」

眉月と萌絵は所謂《いわゆる》『男女の仲』ではあったが、眉月は彼女に麻薬を販売している形跡はなかった。萌絵は眉月に夢中であり、眉月も毎夜大金を店に落としてくれる萌絵を大事にしていた。関係も良好に見えた上、ごくごく普通のホストと客、という仲しか構築していなかった彼女をなぜ眉月が殺すのか。まったく見当がつかない。

それでそう主張した青江の目を覗き込むようにして紅原が問いを発した。

「麻薬取締官のあなたが潜入捜査をしていらしたということは……そして眉月に貼り付いていたということは、眉月は覚醒剤売買に関与していた疑いが濃いということですか？」

「まさにそのとおりです。しかし眉月が萌絵を殺害するような動機については何も思いつきません。眉月は萌絵には覚醒剤を販売していませんでした。単なる客とホストという関係にすぎないはずですが」

「でも関係はあったのでしょう？　性的な」

青江を真っ直ぐに見つめたまま、紅原が問いかける。

「ええ、あったと思います。しかし、揉《も》めていたといったことはまったくありませんでした。動機はどこにあったと思われているのですか？」

問いかけた青江に紅原は一瞬答えを躊躇ったが、やがて溜め息交じりの声で青江の疑問に答えてくれた。

「我々は覚醒剤についてはまったく知りませんでしたので、男女間の愛憎のもつれといった方向で事件をとらえていました。事実、被害者と他の客との間で、眉月を巡ってのトラブルというのは起こっていたわけですよね」

「殺人事件に発展するようなトラブルではなかったと認識しています。ホストと客の間では日常茶飯事、といってもいい程度のものであったと」

「失礼ながらそれは青江さんの見解ですよね」

紅原に発言を遮られ、青江は一瞬むっとした。が、大人げないかとすぐに我に返り、敢《あ》えて作った笑みを浮かべ、紅原に頷いてみせた。

「おっしゃるとおりです。ですがこの一ヶ月間というもの、眉月には貼り付いていましたから。彼の心情については少々、理解できているという自負はあります。眉月が『愛憎のもつれ』といった陳腐な理由で殺人を行ったということに関しては違和感があります。ありまくりです。クスリが原因だというのならまだ、理解はできますが」

「しかしくどいようですが、それは青江さん個人の見解なんですよね」

紅原がここで同じ言葉を繰り返す。

「……はい」

要は個人の見解など取り上げるに値しない。そう言いたいのだろうと青江は察し、苦々しい思いを抱《いだ》いた。

しかしそれを相手に気取《けど》られるのは癪《しゃく》だ、と青江はまたも敢えて笑顔を作り紅原の目を見つめ口を開いた。

「眉月は覚醒剤取引にかかわってはいましたが、萌絵は殺していないでしょう。あくまでも『個人的な見解』ではありますが」

敢えて『個人的な見解』を強調すると青江は、

「それでは失礼します」

と笑顔のまま立ち上がった。

「お帰りですか」

紅原もまた笑顔で席を立つ。

「これから事件の概要を説明するつもりだったのですが」

「…………」

爽やかに言い放つ紅原に対し、青江はこの上なくむっとしたものの、それを聞かずに帰るわけにはいかないと、己の怒りに蓋《ふた》をし再び席についた。

「教えていただけるのでしたら喜んで拝聴いたします。現場は？　殺害方法は？　眉月の犯行とされたその理由は？」

「お帰りではないのですね」

言わなくてもいい一言をきっちり言いやがる。爽やかに笑いながらも嫌みを忘れない紅原に青江は更にむっとしたが、それを態度に出せば相手の思うツボだとわかっていただけに笑みを作り「はい」と頷いてみせた。

「…………」

今度は紅原が一瞬何か言いたげな顔をしたが、すぐに笑みを浮かべたまま口を開いた。

「現場は被害者のマンションです。死因は頸部《けいぶ》を圧迫されたことによる窒息死。絞殺《こうさつ》です。凶器は眉月のネクタイ、殺害直後、現場から逃走する眉月の姿がマンションの住民に目撃されています。眉月以外の人間が犯人であるとすることのほうに無理があると思われます」

「……しかし……」

確かに話を聞いた限りでは、眉月が限りなく怪しい。だが反面、怪しすぎるような気もする。

「眉月を撥《は》ねた車は特定できましたか？」

できた、という答えを青江は予測し問いかけたのだが、彼の目の前で紅原は「いや」と顔を顰《しか》めた。

「盗難車でした。御苑前《ぎょえんまえ》あたりで乗り捨てられているのが先ほど発見されたそうです」

「……そうですか……」

青江に一瞬、このまま帰ってしまおうかという意地悪心が芽生えた。が、すぐに大人げないかと反省し、自分の握っている情報を提供するべく口を開いた。

「山東会《さんとうかい》だと思いますよ。眉月は山東会と香港マフィアの覚醒剤取引の場を提供していました。それがあのホストクラブだったというわけです。その口封じのために殺されたのではないかと」

「……そう、ですか」

紅原が眉を顰めつつ頷く。あくまでも麻薬絡みにしたいのかと言いたげなその表情を見て青江は、言わずに済ましてもよかったなと密かに己の親切心を悔いた。

「ありがとうございました。それでは」

最早《もはや》、ここにいてもなんら得るものはない。青江の見解は、眉月は何者かに——おそらく山東会にはめられ、命を落としたのだろうというものだったが、警察の見解は違うらしい。

それがわかったが故《ゆえ》に青江は思い切りをつけると、丁寧に礼をし取調室を辞そうとした。

「もうよろしいんですか？」

紅原が少々戸惑った様子で声をかけてくる。

「はい。大変参考になりました」

実際、『参考』にはならなかった。が、警察の捜査は今後、眉月が覚醒剤の売人だったことは二の次にし、彼が客のキャバ嬢を殺したという殺人事件として進んでいきそうである。そこに門外漢である自分が疑問を投げかけたところで聞く耳は持ってもらえないだろう。

それで会話を切り上げようとした青江の目を紅原が覗き込んでくる。

「それでは逆にお話を伺えますか？　眉月と最も親しかったというホストの『ユキト』として、眉月と被害者の関係について」

「ああ……」

なるほど、ギブテか。先ほどの『山東会』で充分ギブには応えたつもりだったが、紅原にその認識はないようだった。

まあ、知りたいというものを、教えずに帰るわけにもいかないかと青江は肩を竦《すく》めると、再び席に戻った。

「眉月と被害者の関係は良好ということでしたが、本当ですか」

「はい」

嘘を言うわけがない。少々むっとしつつ頷いた青江に、紅原が問いを重ねる。

「眉月にとって被害者は上客だったということですが、眉月の他の客との間でトラブルはありませんでした？」

「目立ったトラブルは何も……」

それは事実だというのに、紅原はどこまでも食い下がった。

「ナンバーワンホストの周囲でトラブルが何もないというのは、ちょっと不自然な気がしますが」

「ですから、目立ったトラブルはなかったと言ったんです。そりゃ、細かい揉め事は日常茶飯事としてありましたよ」

「たとえばどういった？」

「…………」

本当に日常茶飯事としかいいようのない揉め事だったのだが。それらが殺人の動機になるのならホストクラブでは毎日殺人事件が起こってしまうことだろう。

そう思いはしたものの、求められているのなら、と青江は諦めの境地に陥りつつ、思いつくかぎりの細かい『揉め事』を挙げていった。

「『ミルキィ・ドールズ』のナンバーワンキャバ嬢、ユキとしのぎを削っていました。両方と身体《からだ》の関係はあったはずです。M銀行の常務夫人とI商事の専務夫人も入れ込んでましたね。この二人とも肉体関係はあったと思います。他にも関係を結んでいる客はいました。客同士、暗に牽制《けんせい》し合うということは店内でときどきありましたけれど、とはいえ、皆、それぞれに失うものが大きいですからね。体面を気にして、そう目立った争いにはなっていませんでした。残念ながら」

「別に残念ということはありませんけどね」

嫌みと思ったのか、紅原が少しむっとしたように言い、きつい眼差《まなざ》しを向けてくる。

「ああ、いや、言葉の綾《あや》です」

申し訳ない、と青江が頭を下げると、紅原はむっとした顔のまま、頭を下げ返してきた。

「失礼しました。私もそうした意図はありませんでした」

『そうした意図』とはどうした意図かと問い質《ただ》したい、という意地悪心が芽生えたものの、青江はにっこりと微笑み頭を下げた。

「このくらいでよろしいでしょうか」

「はい、ご協力ありがとうございました」

紅原もまた頭を下げる。

「それでは失礼します」

「失礼します」

紅原に再度会釈をし、青江は取調室を出た。ドアを閉めたと同時に、犯人逮捕の際には連絡がほしいと言えばよかった、と考えはしたが、紅原に頼む以外にその情報を得る方策はあるなと思いつき、そのまま帰ることにした。

それにしても——エレベーターへと向かう青江の引き締めた唇の間から、抑えた溜め息が漏れる。

眉月が殺人の罪を犯したことも信じがたい上に、彼の命が失われたことがどれだけ自身の捜査にとって痛手になったか。それを考えると溜め息を漏らさずにはいられない心境に青江は今、陥っていた。

人の死は尊重すべきものだが、眉月の存在を突き止め、彼に近づくためにこのひと月の間、ホストクラブに潜入し、眉月のヘルプとして働いてきた。

それなりの苦労もあったため、それがすべて徒労に化したということに空《むな》しさを覚える。が、それ以上に青江の脳裏には、眉月の死に対する疑念が渦巻いていた。

2

「聞いたよ、御幸。災難だったね」

翌朝、九段下にある麻薬取締役部にて、青江を同情の面持《おもも》ちで迎えてくれたのは彼の同期にして『友人』の清瀬優衣《きよせゆい》だった。

「災難っていうか……まあ、災難……だな」

サンキュー、と軽くウインクすると、青江は、相変わらず綺麗《きれい》な顔をしているなと清瀬の細面《ほそおもて》の容貌を凝視した。

この顔とも間もなくお別れかと思うとやはり寂しい。

「なに？」

じっと見つめられたことに照れたらしく、清瀬は色白のその頰《ほお》に朱を走らせ、青江を睨《にら》んでくる。

睨む、といってもどこか媚《こ》びを感じさせるその視線といい、やや潤んだアーモンド形の瞳の中に微かに燃える焰《ほむら》といい、少しでもその手のことに敏感な人間が見れば一発でバレるなと青江は内心苦笑しつつ、ダメだ、というように軽く首を横に振った。

「なんでもないよ。それより今回の件、清瀬はどう思う？」

清瀬は青江をファーストネームで呼ぶが、自分のことは名字で呼んでほしいと初対面のときに宣言された。

ユイという、女性と間違われかねない名前に対しコンプレックスがあるのだという。青江の名も『ミユキ』で、女性に間違えられることはままあったのだが、それを気にしたことはなかった。『違う』と言えばすむからだが、清瀬はその容貌もまた女性的であるため、青江にはないコンプレックスを抱いているようだった。

綺麗、と誰もが素直に感じる美貌である。ハーフかクォーターに間違えられることが多いその顔は、ハリウッド女優の誰それに似ている、と、事務員たちの間で評判だった。

整った眉の下、黒目がちのアーモンド形の瞳は長いまつげに取り巻かれている。すっと通った鼻筋、心持ち薄い唇は、リップクリームすら塗っていないのに常に薄紅色《うすべにいろ》だった。

三十歳という年齢にはとても見えず、私服姿では十代の学生に間違えられることもある。青江もまた端整な容貌をしているため、同期二人が並んでいると女性たちからは『眼福』と賞賛された。

そしてこの青江の美貌の同期は先頃、かつての上司の紹介でとある代議士の令嬢との縁談が調い、今月末に退職することが決まっていた。

というのも代議士にはその令嬢以外に子供がおらず、自分の地盤を娘婿《むすめむこ》である清瀬に譲りたいと考えていたためだった。

麻薬取締官から政治家へ、華麗なる転身を遂げる清瀬と青江は、実は単なる『同期』というわけではなかった。

それゆえ青江の胸中はなかなかに複雑ではあったのだが、それでも清瀬を祝福する気持ちがすべての感情により勝っているのは事実だった。

「どうって？　麻薬絡みで殺されたんだろう？」

事情を知らない清瀬が首を傾げる。それで青江は彼に、ホストの眉月には客を殺したという殺人容疑がかかっていたこと、現場から逃走するところを見られたあげく店に戻り、そこに詰めかけた警察から逃れるために路上に飛び出した結果、盗難車にひき逃げされたことなどを端的に伝えた。

「太い客のキャバ嬢を殺す理由がわからないな。特に揉めていたということもないんだろう？」

「ああ。俺の知る限りは」

青江が頷くと、清瀬は眉間《みけん》の縦皺《たてじわ》を深め「怪しいな」と呟《つぶや》いた。

「怪しいよな」

青江もまた頷き返す。

「山東会による口封じじゃないのか？」

清瀬が青江の考えていたのとまるで同じ考えを口にする。

「俺もそう思うんだが、単なる口封じならキャバ嬢は殺さないんじゃないか？」

通勤途中に轢き殺せばいいだけのことだし、と続けた青江に清瀬は「確かに」と納得してみせた。

「……なら本当に殺したとか？　男女の仲は順調に見えても何をきっかけに崩れるかわからないし」

「まあ、そうかもな」

相槌《あいづち》を打ちながら青江はつい、『男女』だけじゃないだろ、という揶揄《やゆ》を口にしそうになり、密かに自重した。

「眉月がラリっていたという可能性もあるし」

「本人は使ってなかったと思うが……まあ、その辺は司法解剖でわかるだろう」

昨日までは確かに使っていなかったが、今日も使っていないかとなるとわからない。眉月が覚醒剤売買にかかわるようになったのは、自分の客だった山東会の組長夫人と関係を持ったことが彼女の夫にバレたのがきっかけだった。

最初から仕組まれた罠《わな》であった可能性が高いが、指だか美貌だか、そして命だかを引き替えに、覚醒剤取引の窓口をすることを了承させられたのである。

山東会は彼に『売人』の役割は振らなかった。香港マフィアとの取引の場として、彼がナンバーワンホストをつとめるホストクラブ『ホワイト・ラブ』を提供させるに留《とど》めていた。眉月の客には大金を持った女性が多かったが、山東会が欲していたのは顧客以上に取引場所であったということであろう。

青江は逮捕した売人の一人から眉月の名と彼が果たす役割を聞き出したあと、それが事実であるか突き止めるため、ホストクラブ『ホワイト・ラブ』に潜入した。

警察官には認められない潜入捜査も、麻薬取締官は認められている。青江は潜入捜査を得意としており、彼の働きで摘発された麻薬取引は二十件あまりに達していた。

百八十一センチの長身に、人目を引かずにはいられないほどの美形である。どちらかというと色白で細面のその顔は理知的であり、かつ官能的でもあった。

厳しい眼差しの中に色気が見える。彼に見つめられると大抵の男女が頬を染め、そんな自分に動揺する。そんな色香漂う美貌は潜入捜査の際、印象に残りやすい、若《も》しくは目立ち過ぎるという意味で不利に働きそうなものだが、青江の特技としてそうも際だった美しさや色っぽさを瞬時にして『消す』ことができることが挙げられるのだった。

学生時代、演劇のサークルに属していた青江は、演技に対して人一倍興味を抱いていた。それゆえ、『麻薬取締官』という職業を隠しての潜入捜査は得意である以上に本人、大好きな任務であったのだが、その根本には彼の、かなり目立ちたがり屋であるという性質があるのだった。

目立つ、といっても、ただ目立つのではない。結果として『目立つ』ということに美学を見出《みいだ》している彼は、決して自分が目立ちたがり屋だということを周囲に気取られぬよう注意を怠らなかった。

そんな、本人も大好き、かつ大得意の潜入捜査で、今回『も』アクシデントに見舞われ、結果を出すことができなかった。

そう、『も』なのだ、と青江が考えているのがわかったのか、清瀬が、元気を出して、というように肩を叩いて寄越《よこ》した。

「前回も今回も、お前に非はないんだから。どちらも不幸な偶然が重なったってことは、上だってきっとわかっているよ」

「まあ、評価についてはどうでもいいんだが」

そこを気にしていると思われるのは心外だ、と青江は内心思いつつ、己の肩に乗せられた清瀬の手を摑んだ。

「本当に『偶然』かは気になる。どちらも山東会が絡んでいるだけに」

「……御幸……」

摑んだ手をぎゅっと握り締めると、清瀬は掠《かす》れた声で青江の名を呼び、恨みがましい視線を向けてきた。

「報告してくる」

そんな彼にウインクしてから手を離し青江はそう言い置くと、踵《きびす》を返し部長室へと向かった。

背中に清瀬の視線を感じる。そうも熱く見つめてくれるな、と心の中で苦笑した青江は実は、清瀬とは半年ほど前まで『恋人同士』だった。

青江はバリタチのゲイであり、特に自身の性的指向を隠していなかった。上司が気を回し、公言しないようにと命じたくらいオープンにしているのだが、実力も、そして功績もあるために、ゲイであることを理由に差別を受けることはまずなかった。

清瀬との関係は、三年前、清瀬が横浜分室から青江のいる九段下の本局に異動してきたことをきっかけに始まった。

モーションをかけたのは青江で、清瀬はあっけないほど簡単に落ちた。青江とは違ったタイプの美貌の持ち主である清瀬はもともとゲイではなかったのだが、青江の魅力が彼に未知なる世界の扉を開けさせたのだった。

ゲイであることは隠していなかった青江ではあったが、さすがに『職場恋愛』を公《おおやけ》にするのはマズいかという判断のもと気をつけて行動していたので、二人が付き合っていることを知る人間はいなかった。それゆえ清瀬のもとにかつての上司から縁談話が舞い込んだのだが、その話を受けることを決意したと同時に清瀬は青江に別れを切り出し、青江はそれを受け入れたのだった。

『将来が見えない関係はやっぱり……不安なんだ……』

清瀬のその言葉に青江は、ごもっとも、と心から納得し、別れることに同意した。

同性との恋愛に確約された『幸せな』将来はない。養子縁組でもすれば別だろうが、『結婚』のような契約もない上、見込まれる将来にはかなりの確率で、職場に二人の関係が露呈し、居づらいとしかいいようのない状況になる、というものがあった。

有名代議士の令嬢、しかも将来政治家としての道が約束されているという良縁に、目が眩《くら》まないほうがどうかしている。逆に青江は、もしも清瀬が自分への思いを理由にこの縁談を断ったとしたら、重いと感じるに違いないとまで考えていた。

納得しているとはいえ、蜜月状態を三年も続けていた恋人との別れは、青江に少なからぬダメージを与えた。青江以上に清瀬は、もと恋人に対する思いを断ち切れないようで、ふとした機会にそんな未練を感じさせるような態度を取ることがあった。

青江も彼に流されかけ、よりを戻しそうになったことも多々あったが、清瀬の将来を思うと我に返り、今日のように無事に踏みとどまっては、思慮深い己を密かに賞賛しているのだった。

来月には清瀬も退職していなくなっている。そうなればこうして顔を合わせる機会もなくなるだろうから、互いの心に残る未練もなくなるに違いない。

下手《へた》に顔を合わせるから、お互い未練を断ち切れない。ただそれだけのことだ、と青江は心の中で呟くと、清瀬を振り返ることなく廊下を進み部長室へと到達した。

ノックをし、返事を待ってから入室する。

「失礼します」

「青江か。災難だったな」

笹沢《ささざわ》部長もまた、清瀬と同じ言葉を青江にかけてきたのだが、彼の顔には清瀬のような同情はなかった。

「どういうことか、説明してくれ。殺人の容疑だって？　しかも麻薬取引とは無関係の」

「そうです。個人的には納得できないものを感じていますが……」

厳しい顔で問いかけてきた上司に青江もまた厳しい表情となりつつ、警察で聞いてきた事件の概要を説明した。

「警察の見解はわかった……が、実際のところ、お前はどう思う？」

笹沢の問いに青江は、

「やはり納得できませんね」

と即答し、上司の目を見張らせた。

「口封じだというのか？　しかしそうなると山東会に、我々が、眉月をマークしていたことを気づかれていたということになるぞ」

「それはないと思うんですが……まだ潜入してひと月ですし」

少なくとも、眉月から怪しまれていた気配はなかった、と告げたことに対し、笹沢は「そうか」と頷いたものの、彼の目の中に疑惑の影が差していることに気づかない青江ではなかった。

それも仕方がない、と青江は内心溜め息を漏らす。

「取りあえず、今夜もう一度『ホワイト・ラブ』に出勤し、怪しまれないよう辞表を提出してきます。その際、何か聞けるようなら聞いてきますので」

「それはどうかな」

予想通り、笹沢が難色を示してきた。やはり気づかれたという認識なのだろうと心の中で呟くと、青江は、

「大丈夫です」

と言い切り、笹沢を見据えた。

「それに私物がまだ、ロッカーに残っているんですよ。たいしたものは入っていませんが、何が身元割れに繋がるかわかりませんし」

「……そうか。それなら仕方がないな」

渋々といった感じで笹沢が頷く。こうも信用を失うことになろうとはと青江は苦々しく思いながらも、顔には笑顔を浮かべ、

「ありがとうございます」

と礼をして、部長室を辞そうとした。

「ああ、そういえば」

ドアに向かおうとした青江の背に、笹沢が何か思いついたような声をかけてくる。

「はい？」

青江が振り返ると笹沢は、幾分言いづらそうな顔になり、こう問うてきた。

「来月の清瀬君の結婚式で、君、スピーチをするんだって？」

「……断り倒したんですけどね」

笹沢は青江がゲイであることを知っていたし、清瀬と関係があることにも気づかれていた。というのも清瀬に縁談を持ち込んだ彼の横浜での上司が笹沢に、縁談がまとまった後に念のため、と、清瀬の素行調査を依頼したのだが、その結果、二人の仲が知れたというわけだった。先に確認を取られた青江は、既に清瀬とは別れていたこともあり、可能であれば清瀬をそっとしておいてほしいと笹沢に頭を下げたのだった。

自分が男と関係があったことを笹沢に知られたことがわかれば、清瀬が縁談を断りかねないと思ったからで、そう説明すると笹沢は納得し、それ以降、その話題が二人の間に上ることはなかった。

「欠席したほうがいいということなら、当日、出張か何かを入れてください。清瀬としても、職場で俺だけ呼ばないというのもどうかと思っただけでしょうし、スピーチも同期代表として頼まれただけだと思いますので」

青江が敢えて作った淡々とした口調でそう告げると笹沢は、あからさまなほど動揺してみせた。

「いや、私としても別に、過去についてどうこう言おうというつもりはないんだ。ただ、なんていうかね、清瀬君は将来のある身だし、センチメンタルな理由でその将来を潰すようなことにでもなったら、その、勿体《もったい》ないとでもいおうか……」

しどろもどろになる上司に青江は、

「わかってます」

と笑顔で頷き、彼の心配を退けるような言葉を探し口を開いた。

「やはり出張の予定を入れてください。彼の結婚式には出席しません」

「……私はおそらく、清瀬君に恨まれるんだろうね」

やれやれ、というように笹沢が溜め息を漏らしそんな言葉を口にする。

「だとしても別に、大勢に影響はないでしょう」

嫌みを言ったつもりはなかった。が、嫌みにとられてもまあいいか、と思う部分もあった。ゲイであることを理由に差別された、そのことをもしかしたら自分は意外に根に持っているのかもしれない。心の中で自嘲《じちょう》しながら青江は芝居がかった動作で頭を下げると、敢えて浮かべた笑みを笹沢に見せつけつつ彼の部屋を辞し、自身のデスクへと戻ったのだった。

午後八時過ぎに青江は『ホワイト・ラブ』を訪れ、マネージャーに退職の意思を伝えた。

「……気持ちはわかるよ」

退職の申し出は、青江以外のホストからも出ているとのことで、マネージャーは既に諦めモードに入っていた。

「ナンバーワンが殺人罪で逮捕だもんな。ウチの店も、もう終わりだと思われても仕方がないと思うよ」

肩を落とすマネージャーに青江は、「そういうわけじゃないんですけど」と苦笑してみせたあと、彼から何か聞き出せないかという下心を抱きつつ、マネージャーを真っ直ぐに見据えた。

「ハヤトさんが亡くなったことがやっぱりショックで……。マネージャー、信じられます？ハヤトさんが萌絵さんを殺しただなんて」

「信じられるわけないよ。ハヤトさんが女性関係でシクるわけないし、何より人殺しとか、できる人じゃないでしょ、彼。ユキト君も付き合いそう長くないとはいえ、傍《そば》にいたからわかるでしょ。ハヤトさん、そんな度胸のある人じゃないよ。女性関係はルーズだけど、修羅《しゅら》場《ば》になったら逃げる。ね、そういうタイプだよね」

「ですよね」

マネージャーの見解は、そのまま青江の思うところだった。

「もしかしてはめられたんじゃないですかね」

声を潜めて問いかけるとマネージャーは、

「それはどうかな」

と首を傾げた。

「最近、怪しい動きをしてるなとは思ってたんだけどさ、でも誰がはめる？　ああ、そういや前にヤクザの女に手を出したことがあったな。でもあれは解決したってハヤトさん、言ってたんだよな」

「ヤクザですか……」

『解決』はしていなかったんだよなと心の中で呟きながらも青江は、初めて聞いたふりを貫《つらぬ》き、首を傾げてみせた。

「ハヤトさんを轢き殺したのはヤクザだったかもしれないですね。盗難車っていうし」

「あれは不幸な事故なんじゃないのかなあ。にしても萌絵さんを殺した人間は別にいそうだよねえ」

覚醒剤取引についてマネージャーは何も知らないようだと察した青江は、これ以上は時間の無駄かと話を切り上げることにした。

「本当に申し訳ないです……あ、ハヤトさんの遺体って、ご家族が引き取られたんですか？」

問いかけは半ば、惰性からだった。手を合わせたいというポーズを見せただけだったのだが、返ってきたマネージャーの言葉は青江の注意を引くものだった。

「それがまだ、警察から戻されないいんだってさ。おかげで葬儀もできないそうだ。解剖に手間取ってるのかなあ」

「……そうですか……」

司法解剖に手間取る、となるとやはり、覚醒剤の使用歴が出たのだろうか。亡くなった前日までは少なくとも、覚醒剤は使用していなかったと思う。いつものようにナンバーワンホストらしく、余裕で客を捌《さば》いていた。

昨日、何かがあったとは思いがたい。朝に別れたときにはこれから覚醒剤をはじめようとする気配はなかったし、太い客を殺さねばならないような雰囲気も湛《たた》えていなかった。

何が一体あったのか。『何か』があったとはやはり思えない。眉月の昨日一日の行動は誰に聞けばわかるだろう。警察は既に調べているだろうか。だとしたらあの、かっこつけのハンサム刑事に聞くか。しかし彼が教えてくれるかはわからない。

まあ、難しいだろう。となれば笹沢に頼み、警察に働きかけてもらうとしよう。青江はそう心を決めると、意識して申し訳なさげな表情を作り、マネージャーに頭を下げた。

「よくしていただいたのに申し訳ないです。僕にはホストは無理だったようです」

「そんなことはないよ。君はいいホストになると思うけどなあ。ハヤトさんのヘルプに徹してたけど、これから頑張ればナンバースリーくらいにはすぐなれると思うよ」

「ありがとうございます」

その気になればすぐにもナンバーワンをとってみせる。だがその気になれないだけだと苦笑しつつ青江はマネージャーに頭を下げると、ホストクラブ『ホワイト・ラブ』を辞したのだった。

それにしても——ロッカーに残していた私物を入れた紙袋を小脇《こわき》に抱えて歩きながら青江は、果たしてこれは偶然なのかとそのことを考えていた。

というのも、実は青江の潜入捜査の失敗は今回が初めてではなかった。今まで失敗したことはなかったというのに、前回、初の失敗を経験したばかりであったことを、青江は気にしてしまっていた。

自分がマークされたのではないか。

マークされるようなヘマはしていないはずだった。だが、連続して失敗したということは事実である。そのことが青江を落ち込ませていた。

前回の潜入捜査は、やはり取引場所として指定されていた代官山のカフェへの潜入だった。カフェの店長はゲイであったため、すぐさま青江とは意気投合し、あと少しで山東会とのかかわりを明かしてくれそうになっていたのだが、店舗の火事に巻き込まれ命を落としたのだった。

失火という判断を消防も警察もしていたが、青江は疑念を捨てることができずにいた。とはいえ、新たに『ホワイト・ラブ』のナンバーワンホストが山東会の覚醒剤取引に関係していることがわかったため、捜査対象を彼に変更したのだった。

それがまた、覚醒剤とはまったく違う事柄で逮捕——されるより前に命を落としてしまった。やはりあれは口封じだったのではないか。

どうしてもその疑いを捨てることができずにいた青江だったが、それはそのまま、自身の失策を認めることに直結していた。

自覚があれば失策と受け止め、反省もできたと思う。が、『やらかした』という心当たりがさっぱりないために、不運な偶然が重なっただけではないかという思考にどうしてもいきがちである。

だが上司の笹沢はきっとそうは思わないだろう。山東会絡みの捜査からは外される可能性大だな、と思う青江の表情は苦々しく、引き結んだ唇の間から抑えた溜め息が漏れる。

潜入捜査は麻薬取締官としての身元が少しでも知られた場合は当然ながら成り立たない。もしも山東会に面が割れているとしたら、今後二度と潜入捜査に携わることができなくなるに違いなかった。ヤクザの情報網は警察や麻薬取締部の上をいくといわれる。横の繋がりも広範囲にわたるため、一つの組織に身元がバレればもう、全組織に知れ渡ると思ってよかった。

潜入捜査を得意としている青江だが、得意という以上に潜入捜査が好きだった。それゆえ携われなくなるのはつらい。そのためにもこれまでの二件の潜入捜査の失敗は、決して自身の『失敗』ではなく不幸な偶然の結果であることを証明せねば。しかしどうやって証明すればいいのか。

本当に頭が痛い。今度ははっきりと溜め息をついてしまっている自分に、情けない、と自己嫌悪に陥りつつ青江は、職場に戻ろうとしたのだが、そういえば自分がまだ亡くなった眉月の住居の鍵を持ったままでいることに気づいた。

眉月が青江に鍵を預けたのは、気を許したということも勿論《もちろん》あるが、どちらかというと『パシリ』的な役割を求められてという意図のほうが主だった。

出勤前の外出が長引いたときや、または急に『太い客』が来店することがわかったようなとき、着替えのスーツや、その客に貰《もら》ったプレゼントの時計を、自宅に取りに行ってほしいと頼まれることがあり、それで眉月は青江に自宅の鍵を預けたのだった。それまでその役割を果たしていた弟分のホストがちょうど先月余所《よそ》の店に引き抜かれ退店していたため、その役割が振られたのであるが、このひと月の間に青江が眉月のマンションを訪れたのは二回だけだった。

最後に行ってみるか。その考えがふと、青江の頭に浮かぶ。以前、マンションを訪れた際に、室内をくまなく探したのだが、そのときには覚醒剤取引の証拠を見つけることはできなかった。

今、探したとしても見つかる可能性は低いだろうが、それでも確認してみたい。青江のその思考はある意味焦りからといってもよかったのだが、一度思いつくと実行しないではいられなくなった。

ダメモト。見つかればラッキー、見つからなくて当然と肝《きも》に銘じておこう。そう思いながら青江は眉月のマンションを目指したのだが、そこで彼は思いもかけない——そして望んでもいない相手と再会を果たすこととなった。

3

「あ」

「あ」

眉月のマンション前で青江は、ばったりある男と出くわした。

思いもかけない――だが、よく考えれば可能性としては高いその相手とは、昨日出会ったばかりの人物、警視庁捜査一課の警部、紅原だった。

「マトリのあなたが何をしに？　捜査ですか？」

眉を顰め問いかけてきた紅原に、青江は、

「ホストとして来ただけですよ」

と必要以上に攻撃的な口調になることを自覚しつつ答え、肩を竦めた。

「ホストとして？」

「部屋の鍵を預かっていたもので」

「誰から？」

「当然、眉月さんから。管理人に鍵を返しにきただけです」

実際『だけ』ではない上に、そんな用件で来たのではなかった。が、彼がいるとなると室内の捜索はできそうにない。

それで諦めたわけだが、紅原は青江の言葉をまったく信じていないようだった。

「それなら預かりましょう。私から管理人に渡しておきます」

「そうですか」

お願いします、と青江はポケットからキーホルダーを取り出すと、鍵を外し紅原に手渡した。

「少しお話、よろしいですか？」

にっこり。その擬音がぴったりな笑みを浮かべ、紅原が問いかけてくる。

「なんでしょう」

対する青江もまた、にっこり、と華麗に微笑んでやった。

「眉月さんの胃の内容物に疑念がありましてね。彼、ほぼ丸一日、何も食べてないんですよ。朝から夜まで、何も食べないという生活パターンを眉月は送っていましたか？」

「……正直、ハヤトさん……いや、眉月の生活パターンを完璧に把握していたとは言いがたいですが、朝から夜まで何も食べないというのはさすがに不自然に感じます……ところで、覚醒剤の使用歴は出ましたか？」

気になっていたことを問いかけたが、答えを得られるかは半々かなと青江は覚悟していた。

にもかかわらず紅原が即答したことに彼は驚きを感じると共に、警察の捜査が暗礁に乗り上げていると知ったのだった。

「出ませんでした。因《ちな》みに被害者からも出ていません。薬物といえばクロロフォルムの痕跡《こんせき》もまた調べましたが、もし嗅《か》がされていたとしても時間が経過しているので残っていませんでした。ですがクロロフォルムで眠らされ、夜まで拘束されていた可能性は高いと考えざるを得ません」

「……そうですか」

頷いたあと青江は、色々と明かしてくれた礼に、と当日の眉月の予定を教えてやろうと口を開いた。

「眉月さんはその日は亡くなったキャバ嬢の萌絵さんと同伴の予定でした。なので開店時間が過ぎても出勤してこなかったことについて、誰も疑問を覚えなかったんです」

「となると彼の同伴については店の従業員全員が知っていたということになりますか？」

紅原が一気に厳しい顔になる。

「事前に知っていた人間がどれだけいたかはちょっとわかりません。私は当日の開店前ミーティングでマネージャーから初めて聞きました」

「開店前ミーティングというのは何時から行われるのです？」

「開店の九時の三十分前です」

「開店後、従業員たちは皆店内にいましたか？」

「どうでしょうね。キャッチに行っていた人間もいたかもしれません。眉月さんが店に現れたのは深夜零時過ぎでしたから、ミーティング後店の外に出て、眠らせていた眉月さんを現場に運び萌絵さんを殺す、ということも可能といえば可能でしょうね」

「……そうですか」

今や紅原は苦虫を噛《か》み潰したような顔になっていた。そう悲観的になることはないのだが、と内心苦笑しつつ青江は、

「とはいえ」

と言葉を続けたのだった。

「キャッチに行くのは基本、二人一組と決まっていますから、単独行動をとった人間が怪しいということになるでしょう。あと、店内に誰がいたかはマネージャーに聞けば一発でわかりますよ。それが彼の仕事ですから」

「なるほど……よくわかりました」

頷いた紅原は相変わらず苦々しい表情をしていた。マネージャーに確かめろと教えたというのに、何が不満なのかと眉を顰めた青江だったが、すぐにその理由を察し、なんだ、とつい笑ってしまった。

「それを先におっしゃらなかったのには、何か意図があるのですか」

「勿論ありません。そこまで性格悪くはないですよ」

笑顔で告げた青江に対し、紅原は一瞬何かを言いかけたものの、すぐ、

「失礼しました」

と丁寧に頭を下げて寄越した。

「それで青江さんの見解では、マネージャーは容疑者に入れる必要はないと、そういうことなんですね？」

「少なくとも、山東会とのかかわりはないと断言できます……あくまでも私見ではありますが」

厳しい眼差しで問いかけてきた紅原に対し青江は、これこそ嫌みか、と思われる答えを返し微笑んだ。

「大変参考になりました。どうもありがとうございます」

紅原もまた青江に向かい、にっこりと微笑んでみせる。

お互い、相手を虫が好かないと思っている。両想いの反対は果たしてなんというのか、両嫌い？　などとくだらないことを考えている自覚を持ちつつ青江は、

「お役に立てて何よりです」

と嫌みでしかない言葉を返すと、

「失礼します」

と会釈して踵を返したのだった。


「お呼びとのことで」

翌朝、出勤した途端上司からの呼び出しを受け、青江は笹沢のもとへと向かった。

「また潜入捜査にかかってほしい」

「え」

二度の失敗のあとであるので、当面内勤を命じられると覚悟していただけに、まさか新たな潜入捜査の命令が下るとはと、青江は思わず戸惑いの声を上げてしまった。

「なんだ、不満か？」

わかっているだろうに、笹沢がわざとらしく眉を顰める。

「まさか」

青江もまた大仰《おおぎょう》に目を見開いてみせたあとに、心持ち声を潜め、話のわかる上司に問いかけた。

「問題になっていないんですか？　私の潜入捜査が二回、立て続けに失敗に終わったことに関しては」

「なっていないと言えば嘘になるが、ごく一部だ。どちらかというと私を含め、その二回の『中断』が故意かはたまた偶然かを早急に確かめたいと、そう思っている」

「なるほど」

それで早々に新捜査か、と納得する青江に笹沢が、

「わかっていると思うが」

と厳しい顔になる。

「三回目の『中断』があれば、さすがに偶然とは考えがたい。いつも以上に慎重にな」

「わかりました」

言われなくとも。心の中で呟きながら青江は笑顔で頷くと、

「それで、次の潜入先は？」

と尋ねた。

「ある意味、得意分野だ」

「というと？」

もしや。青江の予想は当たった。

「新宿二丁目のゲイバーだ。店内で覚醒剤売買が行われているという密告《タレコミ》があった」

にやり、と笑いながら告げた笹沢に青江も笑みを返し、問いを発した。

「山東会絡みですか？」

「ああ。二次団体の龍聖会《りゅうせいかい》だが」

「……そうですか」

もしも今度失敗すれば、山東会の下位組織にまで自分が麻薬取締官であることが知られているという結論が下される。そうなればもう、当分潜入捜査のメンバーに選ばれることはなくなるだろう。

下手したら異動もあり得るかもしれない。憂鬱《ゆううつ》になりかけていた青江だったが、結果を出せばいいだけだと己を鼓舞し、気力で笑顔を作った。

「わかりました。詳細を教えていただけますか？」

「これだ」

笹沢が書類を挟んだクリアフォルダーを差し出してくる。

「早速今夜にでも行ってみてくれ。ターゲットに近づく方法についてはいつものように君に一任する」

「はい」

わかりましたと一礼し、青江は笹沢の部屋を辞した。

「お疲れ」

自分のデスクに戻ると、隣の席の清瀬が心配そうな顔で声をかけてきた。

「部長、なんだって？」

「潜入捜査の命令だったよ」

「え？　もう？」

清瀬が非難の声を上げる。

「お前を酷使しすぎじゃないか？　笹沢部長」

「まあ、使われているウチが華だ」

ウインクした青江に対し、清瀬が苦笑してみせる。

「御幸は潜入捜査、好きだしね」

「ああ。得意分野だからね」

「言い切るね」

確かに得意だけれど、と尚《なお》も苦笑すると清瀬は、

「で？　今度は？」

と、席につき書類を広げた青江に椅子ごと近づいてきた。

「ゲイバーだ。それこそ得意分野だろうと部長に言われたよ」

「得意って……酷いな」

途端に清瀬の顔が曇る。

「酷くはないさ。確かに得意分野だ」

気にすることはない、と青江はまたもウインクしたが、心の中ではこうもナーバスになっ

ている清瀬にはやはり、笹沢が既に二人の仲を察知しているということは何があっても知らせてはならない、と改めて決意していた。

「……対象は？」

そんな青江に対し、清瀬は何か言いかけたが、思い直したのか笑顔になると、青江に潜入捜査の概要を問うてきた。

「これから読むよ。ああ、店員みたいだ」

書類を読み始めた青江に対し清瀬は、邪魔しては悪いと思ったようで、

「頑張って」

と声をかけると、椅子を移動させ自分のデスクへと戻っていった。

「サンキュ」

目は書類に落としたまま、青江が礼を言う。書類に集中したいという気持ちもあったが、それより室内にいた同僚が二人の会話に耳を傾けていることを気にしたためだった。

同僚の中には、いわゆる『逆玉』状態の清瀬をやっかんでいる人間もいた。さすがに縁談を潰すことまではしないだろうが、何か弱みを見つけたいくらいのことは考えているであろう奴らから青江は、清瀬を守りたいと思ったのだった。

しかし青江のその思いやりは清瀬本人には正しく伝わっていないようで、尚も彼の視線を感じる、と青江は内心溜め息を漏らす。

青江がゲイであることを知る人間は多かった。そんな自分の横顔をそうも熱く見つめては、二人の間に関係があったと吹聴《ふいちょう》しているのと一緒じゃないか、と諫《いさ》めたいが、逆にそのほうが目立つだろうし、下手をすると清瀬を傷つける可能性もあった。

清瀬退職までのあと少し。できれば平穏に過ごさせてやりたい。そのためにも潜入捜査に携わり、職場にあまり顔を出さない状態となるのはいいことかもしれない。そんなことを考えながら青江は笹沢から渡された書類を捲《めく》っていった。

捜査の対象は、ゲイバー『いちごのお店』勤務のゲイボーイ『みかん』こと、簑島達也《みのしまたつや》、二十五歳という若者だった。

店内では今のところ、彼以外、覚醒剤取引にかかわっている従業員はいないようである。だが青江の勘が、これは店ぐるみではないのかと告げていた。

簑島が『いちごのお店』に勤務し始めたのは一昨年の八月。この店は雑誌などのメディアに取り上げられることの多い、所謂『観光客向け』ともいうべきゲイバーで、ＯＬ他、女性客も多いが、容姿の整った簑島の人気は彼女たちの間でも高く、彼目当てに来店する女性も多いとのことだった。

簑島は女装はしているが性的指向はバイであり、関係を持っている女性客もちらほらいるという。彼が覚醒剤を販売しているのは自分の客がメインだが、それ以外にも販路が開けている様子であるのが、青江が『店ぐるみ』と思った根拠だった。

ひとまず、客として潜入してみよう。そこで従業員として入り込む必要があるか、あった場合方策はあるかを見極める。しかし店で働くとなった場合は女装かな、と、青江は少々憂鬱になった。綺麗になれる自信はあるが、それを不特定多数の人に見せたいかとなると話は別になるからである。

取りあえず、夜までにこの資料を頭に叩き込んだ上で、潜入捜査のために『変装』をせねば。夕方一度、自宅に戻る必要があるなと思いながら再び資料を頭から丁寧に読み始めた青江はいつしか清瀬の視線を忘れていた。

その日の夜十時過ぎ、青江は一人『いちごのお店』を訪れた。簑島の気を引く必要があるため、いつものように美貌も色気もオーラも消すことなく、『魅力全開』状態で臨む。

「いらっしゃいませえ」

ドアを開くと、黄色い――というには随分と野太い声が青江を迎えた。店内に運良く客はいない。

まだ『みかん』こと、人気ゲイボーイの簑島が来ていないからかもしれない。店内を見回した青江は、自分に見惚《みと》れているらしいカウンター内の野太い声の主、ママの『いちご』こと大木雄三《おおきゆうぞう》に、恥ずかしそうな様子を装い声をかけた。

「あの……入っていい、ですか？」

「も、もちろんよ。さあ、どうぞ。ウチは初めてよね。さ、座って」

いちごの目が爛々《らんらん》と輝いている。手応えとしてはいい感じだと内心ほくそ笑みながら青江は『ゲイバーには慣れない客』を装い、スツールに腰を下ろした。

「あの……」

困り果てたようにいちごを見る。

「何を飲む？　なんでもあるわよ。ビールとかにしておく？」

いちごは舌なめずりしそうな勢いで青江に話しかけてきた。気に入られすぎると面倒なことになるため、彼の好みはバリタチと判断した青江は、もしやこの店で働くことになるかもしれないことも含め、キャラ設定を変更することにした。

「はい。あの、あたし、こういうとこ来るの、初めてで……」

「……『あたし』……」

いちごは一瞬、酷くがっかりした顔になったものの、すぐに『営業スマイル』を取り戻すと、カウンター越しに手を伸ばし青江の肩を叩いた。

「大丈夫よう。誰しも初めてはあるもんなんだし。その『初めて』にウチを選んでくれて嬉しいわ」

生ビールでいいわね、とビールのサーバーを操作しながらいちごが青江に問うてくる。

「どうしてウチ選んでくれたの？」

「あの……雑誌とかに載ってるし、雰囲気よさそうだなあって思って」

「あら、もしかして女の子狙《ねら》い？」

いちごの目がきらりと光る。

「違いますよう」

オカマは女子に気を許される。それを狙っての『偽ゲイ』と疑われては大変、と青江は慌てて否定した。

「ただ、最初はなんていうか、ソフトなお店のほうがいいかなって……本格的な店だと、怖いっていうか……」

「ああ、そうね。あなた綺麗だから、すぐさま皆がわっと寄ってくるでしょうしね」

どうやら誤解は解けたらしく、笑顔が戻ったいちごに対し、青江は、

「綺麗だなんて」

とシナを作りつつ照れてみせた。

「ウチは確かに『入門店』っぽい店だから、ゲイバーデビューにはちょうどいいかもしれないわ。女子も来るけど、本来の『ゲイバー』のお客さんもちゃんと来るしね」

はい、と生ビールを青江の前に置いてくれたあと、店内に青江以外客が一人としていない

という現状の言い訳をせねばと思ったらしく、言葉を続けた。

「今日はなんだか客の出足が悪いわねえ。普段はこうじゃないのよ。ああ、雑誌によく載ってるみかんちゃんってわかるかしら？　ウチのメディア担当なんだけど」

「……名前まではちょっと……黒髪の綺麗な人ですか？」

『知っている』といえば、後々、簑島に近づく際、疑われる可能性が高い。それで青江はとぼけることにしたのだが、いちごはそんな彼の言葉も簡単に信じた。

「そう、その子よ。そっか、普通名前まではチェックしないわよねえ」

「…………」

こうも素直、かつ、思っていることが即表情に出るいちごが、覚醒剤取引にかかわっているとはちょっと思えなくなってきた。店ぐるみと思っていたが、店長であるいちごは関与していない可能性が高いのではないか。観察を続けていた青江は、続くいちごの言葉に、どういうことか、と首を傾げた。

「ウチの売れっ子なのよ。みかんちゃん。なんでか今日はまだ来てないの。さっきもみかんちゃん目当ての客が二組来たんだけど、出直すって帰っちゃったのよねえ」

「遅刻……か、無断欠勤……とか？　よくあるんですか？」

問いかけた青江にいちごが、

「ないわよ〜」

と否定してみせる。

「ごくごく稀《まれ》に寝過ごしちゃった、ってなことはあったけど、連絡もなくこの時間まで来ないってことはまずないわ。どうしたのかしらって心配してたのよ。携帯鳴らしても全然出ないんだもの。寝てたら起きそうなものなのに」

「それは心配ですね」

嫌な予感がする——己の胸に立ち上る悪い予感を青江は、そんなはずはない、と打ち消そうとした。

潜入捜査が決定したのは今日だ。今日の今日でターゲットに気づかれるなどあり得ない。きっと偶然だ。そう思うしかない、と青江が自身に言い聞かせていたそのとき、

「いちごちゃん‼」

いきなり店のドアが開いたかと思うと、『綺麗』とはお世辞にも言いがたい中年の女装男が店内に駆け込んできた。

「あら？　どうしたの？　ミルキィママ」

いちごが驚いて問いかける。かなり年長と思《おぼ》しきゲイバーのママを仰天させるだけの緊迫した雰囲気をミルキィママと呼ばれた中年オカマは湛えていた。

「『どうしたの』じゃないわよ！　大変！　大変なのっ！」

ミルキィママはすっかり興奮していた。泡でも吹きそうな勢いだ、と青江は立ち上がり、

ミルキィママに近づいた。

「大丈夫ですか？　水でも飲みます？」

「えっ？　やだっ？　なにこのイケメン」

焦りまくっていたはずのミルキィママの目が青江の顔に引きつけられるのがわかった。まさにハート形、と青江は内心苦笑しつつ、彼――というか彼女というか――に喋《しゃべ》らせようと微笑んだ。

「それでどうしたんです？　あなた、随分慌ててらしたけど」

「ああ、そうよ！　いちごママ、大変よ！」

ミルキィママはまた慌て出したが、青江が、

「何が大変なんです？」

と優しく微笑み再度問いかけると、少し落ち着きを取り戻したようだった。

「ああ、『大変』と言ってるだけじゃ伝わらないわね。そう、大変なのよ」

『伝わらない』と言いつつもまた『大変』と告げたミルキィママだったが、ようやく話せるようになったらしく、そうも彼を仰天させたという出来事を告げたのだった。

「公園のトイレで殺されてるの！」

「こ、殺されたぁ？」

予想外のことを言われたために、今度はいちごが仰天した声を上げた。青江もまた、殺人

事件とはと驚いたのだが、次の瞬間、まさか、と、とてつもなく嫌な予感を覚え、ミルキィママを見やった。

「だ、誰が殺されたのよう？」

いちごママが青くなりつつ問いかける。

「みかんちゃんよ！　ウチの店の子がちょうど居合わせたの。パトカーも来て、もう凄《すご》い騒ぎよ！」

「ええっ！　みかんちゃんが⁉」

いちごママが真っ青になって叫んだあと、カウンターの中で崩れ落ちる。

「いちごママ！」

「大丈夫ですか？」

ミルキィママと青江、二人して慌ててカウンターへと駆け寄ったそのとき、店のドアが開き、数名の男たちが入ってきた。

誰だ、と振り返った青江の口から思わず驚きの声が漏れる。

「警察です。こちらにお勤めの簑島達也さんが遺体で発見されました。念のため、ご確認をお願い……」

したいのですが、と言いかけた男もまた、青江に気づいたらしく、そこで言葉が途切れる。

「いちごママ、警察ですって‼」

いちごママは気絶していたし、ミルキィママはそんな彼にかかりっきりだったので、警察を名乗る男が動揺したあまり声を失ったことについて気づく様子はなかった。

だが男と共に店に入ってきた、男と同僚の警察官たちは、何事か、というように彼と、そして彼の視線の先にいた青江を代わる代わるに見つめていた。

「あなたは……」

男はようやく我に返ったようで、青江に呼びかけようとする。そんな彼に青江は目配せをし、黙らせた上で問いかけた。

「手帳、見せてもらえますか？」

「……ああ……」

男は何か言いたげな顔になったものの、素直に内ポケットに手を入れ、警察手帳を取り出し示してみせる。

「警視庁の紅原です」

「……ママ、本物みたいよ」

手帳とその顔を順番に見やりながら青江が、カウンターの内側でようやく意識を取り戻したらしいいちごママに声をかける。

「……警察……本物……」

いちごママが呆然としたままであるのを案じているふりをし、

「大丈夫？」

と駆け寄っていく。

己の背に刺さる紅原の視線を痛いほどに感じながら青江は、一体どういうことなのかと混乱する思考を気力でなんとか整理しようと、無駄な努力を続けていた。

「どういうことなんです？」

彼の部下にいちごママとミルキィママこと、大木雄三と佐戸川光夫《さどがわみつお》を遺体発見現場の公園に連れていかせたあと、無人となった店内で紅原が青江に問いかけてきた。

「こっちが聞きたいくらいですよ。簑島、殺されたって本当ですか？」

青江の問いには答えず、紅原が問いを重ねる。

「どうしてこの店に？　潜入捜査ですか？」

「簑島が殺されたというのは本当ですか？」

青江もまた答えることなく同じ問いを繰り返すと、紅原は忌々《いまいま》しそうな顔になったものの、折れることとしたらしかった。

「そうです」

「どういった状況だったんです？」

「私はあなたの問いに答えた。今度はあなたが私の問いに答える番だ」

だが次なる問いに紅原は答えてくれず、きつい眼差しで青江を見つめつつそう問いかけて

きた。

「仰《おっしゃ》るとおりですね」

失礼しました。青江は詫《わ》びると、先ほどの紅原の問いへの答えを口にした。

「この店にいたのは潜入捜査です……が、まだ『潜入』前です。何せ先ほど店を訪れたばかりですから」

「ターゲットは？　簑島ですか？」

勢い込んで問いかけてくる紅原に、順番で言えば今度はソッチが質問に答える番だと言いたくなるのを堪え、青江は「そうです」と頷いたあと、問いを発した。

「殺害の状況を教えてください。彼は売人でしたが、覚醒剤取引絡みでしたか？」

「そこは微妙なところです」

「微妙？」

意味がわからず問い返した青江に紅原は、事件の概要をようやく教えてくれた。

「簑島はいわゆるハッテン場といわれる二丁目近くの公園の公衆トイレの個室で発見されました。ナイフで刺されたことによる失血死です。ジーンズのポケットに覚醒剤と思しきビニールに入った白い粉を所持していました……が、覚醒剤絡みであるかは不明です」

「……まあ、覚醒剤取引が絡んでいたら、現場にブツは残さないでしょうからね」

青江は頷くと、情報を提供してもらうばかりでは悪いとの思いから彼の得ていた情報を提供することにした。

「簑島ですが、今日は無断での遅刻だとママは言っていました。殺された時間にもよりますが、連絡をしようにもできなかったのかもしれませんね」

「死亡推定時刻は正確なものはまだ出ていませんが、午後七時頃と推定されています。遺体発見は午後八時。いつまでも個室が一つ空かないことに気づいた一人の指摘で、その場にいた数名がかりでドアを蹴破ったところ、便座に座って死亡していた被害者を発見したということでした」

「午後七時……店の始業前ですね。やはり連絡したくてもできなかったということでしたか。それにしても……」

覚醒剤が現場で発見されたのは気になる。首を傾げる青江に紅原もまた、同じことを考えているらしく、

「状況が読めませんね」

と相槌を打つ。

「まだ潜入捜査前なので、簑島の人間関係等はまるでわからないんです。恋人がいたかということもまったく探れていない。覚醒剤絡みということなら、山東会の二次団体、龍聖会が絡んでいるはずですが、もしも彼らの手によるとしたら覚醒剤を現場に残すようなことはまずしないだろうと思われます」

「でしょうね。それじゃまるで覚醒剤取引を調べてくださいと言っているようなものだ」

頷く紅原に青江は、

「とはいえ」

とその目を覗き込むようにして口を開いた。

「覚醒剤取引とは無関係……とは言い切れないものがあるんです。というのも私のターゲットが死亡したのがこれで三人目というわけで」

「三人目？」

紅原が仰天した声を上げたあと、眉を顰め確認を取ってくる。

「二人目は一昨日亡くなった『ホワイト・ラブ』のハヤトですよね。もう一人、あなたがかかわった潜入捜査で亡くなった方がいると？」

「ええ……しかしその死が覚醒剤取引にかかわっているのかがやはり微妙なんです。ハヤトのとき同様」

「…………しかしあなたの対象三人が立て続けに死亡したというのはとても『偶然』で片付けられることではありませんよね」

紅原の目には、消そうにも消せない疑念の色があった。

「戻って上司に報告します。おそらく、またご連絡することになると思いますが」

青江の言葉に紅原もまた、

「そうですね。警察からもお話を伺うことになると思います」

と頷いた。

彼には報告し、指示を仰ぐべき上司はおらず、彼がその『上司』であることは言葉の調子からわかった。

「それでは」

「のちほど」

会釈をし合い、青江と紅原はその場で別れた。青江は店を出てタクシーを捕まえるべく路地を歩き始めた。

途中で青江は、戻る前に一応現場を見ておくかと思い直し、ハッテン場として有名な公園に向かうことにした。

青江もプライベートでは何度か訪れたことのある公園だった。トイレの場所も形態もすぐに頭に思い浮かべることができる。

公園の隣には、そうした『行為』を交わす用の施設はあった。が、有料であるために無料のトイレを用いる場合もままある、という情報もまた青江自身は使ったことがないものの、知るところではあった。

簑島は果たして、金をケチったのか。それとも無理矢理トイレに連れ込まれたのか。今、現場を見たところでわかるものでもないだろうが、それでも一応見ておきたい、と思いトイレを目指す。

公園は騒然としていた。警察と野次馬とがざわつく中、黄色の『KEEP　OUT』のテープが張られた公衆トイレの中を人垣の後ろから眺める。

トイレの入口は青いビニールシートで覆われていたため、中は見えないものの、どうやら遺体は運び出されたあとのようだった。顔を改めに呼ばれたいちごママの姿も見えない。

野次馬の中に青江は、簑島に覚醒剤を流していた龍聖会のチンピラの姿を見つけた。もし、彼らが簑島殺害にかかわっているとしたら、いつまでも現場にはいないだろう。となると簑島を殺害したのは誰なのか。

通りすがりの犯行か。運悪く変質者、もしくは強盗と遭遇してしまったのか。覚醒剤取引とはまったく関係ないところで命を失ったのか。

「……無理があるよな……」

死んだのが簑島だけであるのなら、その可能性を青江も考えたかもしれない。が、代官山のカフェの店長、ホストの眉月に続いて三人目ともなるともう、『全く関係ないところ』での死とはさすがに考えられなかった。

すぐに笹沢に報告せねば。しかし報告後のことを思うと憂鬱にならずにはいられなかった。きっと当面、内勤だ。やれやれ、と溜め息を漏らすと青江は踵を返し現場から離れたのだったが、事態は彼の予測とは違う方向へと流れ始めていた。

「……捜査協力に出向け……と？」

翌日、青江は笹沢から予想外の指示を受け、彼らしくなく、つい聞き返してしまった。

「まさか嫌だと言うつもりか？」

笹沢はどちらかといえば『いい上司』ではあったが、自身の命令に異を唱える者にとっては脅威的な存在にもなった。

青江はそれをよく知っており、口答えなど一切したことがなかったのだが、命令を聞き返すという今の行為がそうとられてしまったようだ、と慌てて首を横に振った。

「いいえ、逆です。てっきり内勤か、下手をしたら謹慎処分でも下るのではと覚悟していたものので」

「実際、その案も出た」

笹沢が淡々とそう告げ、ちらと青江を見る。自分がそれを制してやったと言いたいのかと察し、青江は深く頭を下げた。

「ご配慮、ありがとうございます」

「まあ、保身もあったよ。何せ簑島の捜査について知っているのはごく僅《わず》かだ。もしそれが漏れていたとなれば私の責任も問われることになるからね」

爽やかな笑みと共に冗談めかして語ってはいたが、『保身』は笹沢の本心だろうと青江は心の中で苦笑した。

「ところで君の見解は？　偶然と思うか？　さすがに三人続けて偶然はないかな」

「わかりません。ただ、前の二人はともかく、今回の簑島には、彼の店を訪れただけで本人とはコンタクトすらとれていない状態でした。私が店を訪れるより前に簑島は殺されていますし、事前に情報が漏れていたというのでなければさすがに今回は偶然なのではないかと思えるのですが」

「私も『偶然』だと思う。それを確認してきてほしい」

もし『偶然』でないとすれば即《すなわ》ち、麻薬取締部の情報が漏洩《ろうえい》しているということになる。それは笹沢としたらなんとしてでも避けたいところだろう。

「わかりました。警視庁に向かいます」

笹沢の思うとおりの結果が出ればいい。しかし可能性としては低いように思える。口には出せない言葉を胸に押し込め、青江は再び深く頭を下げると部長室を辞したのだった。

「御幸」

デスクに戻ると今日も清瀬が心配そうな表情で声をかけてきた。

「聞いたよ。大変なことになったな」

「……まあ、大変……だよなあ」

やれやれ、と青江が溜め息を漏らしつつ本音を言ったのは、室内に清瀬しかいなかったからだった。他の同僚たちは皆、山東会の捜査にあたっているのだろう。間もなく退職する清瀬は、今月に入ってからほぼ内勤と決まっていた。

引継書の作成という仕事はあったが、どちらかというと捜査途中での退職となることを避けるための配慮だろうと思われた。清瀬本人は処遇について、特に不満もないようで、日々淡々と引継書の作成に励んでいた。

「会ったの？　被害者には」

「会ってない。会う前に殺された」

「……それはよかった……ああ、『よかった』はないか。人一人、死んでるんだし」

悪かった、と詫びる清瀬に青江は、気にするな、とウインクすると、

「それじゃちょっと行ってくる」

と書類を入れた鞄《かばん》を手にドアへと向かおうとした。

「どこに？」

「警視庁」

「警視庁？」

青江に下った命令について、清瀬は詳しいことを何も聞いていなかったらしい。

「ああ、警察の捜査に協力して来いってさ」

それじゃな、と青江は簡単に説明すると、まだ何か問いたげにしていた清瀬を残し、執務室をあとにした。

青江が命じられたのは、今までの一連の殺人事件に関する捜査協力だった。まずは警視庁刑事部捜査一課を訪ねるように言われている。

『一連』といったが、警察側も今までの事件が麻薬取引絡みであるか否かについて、『ある』と結論を下したわけではなかった。その結論を下すべく、厚生労働省の麻薬取締部に捜査協力の要請があったというわけだった。

『捜査協力』といいつつ、事情聴取のようなものだろうなと青江は内心憂えていた。

偶然か必然か。自分の潜入捜査先での捜査対象者が立て続けに死んでいる。三人目にはコンタクトさえとっていなかったというものの、やはり情報が漏れているとしか思えない。

とはいえ、三人目、ゲイボーイの簑島の口をふさいだのは龍聖会ではなさそうだった。

ただ、龍聖会の上位団体、今までの麻薬取引を牛耳《ぎゅうじ》っていたと思しき山東会が手を下したのかもしれない。青江側でも今までの殺人事件について情報は欲しかった。捜査本部にいる人間が御しやすいといいのだが、と思いはしたものの、実のところ青江は一人の男の顔を思い浮かべていた。

警視庁の受付で名乗るとすぐ、捜査一課のあるフロアを指示され、エレベーターに乗った。

「どうも」

エレベーターの扉が開いたその場に、想像していたとおりの端整な顔を見出し、青江はつい苦笑しそうになった。予想はしていたものの『御しやすい』とはとても思えないその男が――紅原が、作った笑みを浮かべている。

「よろしくお願いします」

青江もまた笑みを作り、会釈を返した。

「会議室にご案内します」

「捜査会議ですか？」

背を向け歩き始めた紅原の、その背に問うと紅原は足を止め、青江を振り返った。

「プレ捜査会議、といったものです」

「プレ？」

意味がわからない。眉を顰めた青江に紅原は、相変わらず作った笑みを浮かべつつ簡単に説明をしてくれた。

「捜査一課長と私、それに新宿署と渋谷署の刑事部長で今後の捜査方針を立てるべく、捜査会議前に集まっているのです」

「首脳会議、というわけですね」

最初の事件があったのが渋谷、次とその次が新宿である。合同捜査となるのか、それぞれ捜査本部を立てるのか。それをまず判断するということだろう。納得し頷いた青江に紅原は唇の端を上げるようにして微笑んだだけで何も言わず、再び前を向いて歩き始めた。

「失礼します」

『第一会議室』と表示の出ている部屋のドアをノックし、紅原が一礼してから開けた。

「やあ、どうも」

広々とした会議室は、ロの字型に長机が並べられており、部屋の正面、窓を背にした席に、三人の初老の男たちが並んで座っていた。

最初に立ち上がった男が名乗り、残りの二人を紹介してくれる。

「捜査一課長の長峰《ながみね》です。こちらが渋谷署の遠野《とおの》刑事部長、そしてこちらが新宿署の宮部《みやべ》刑事部長です」

「はじめまして。厚生労働省関東信越厚生局麻薬取締部の青江と申します」

青江もまた愛想良く微笑み、名乗ってから深く頭を下げた。

「座ってください」

長峰課長がそう告げたとき、再びドアがノックされ、女性警察官がコーヒーを盆に載せ登場した。

青江にコーヒーをサーブするとき、明らかに顔に見惚れていた彼女自身もまたなかなかの美形だった。わざと、にこ、と微笑むとあからさまなほど赤面し、

「し、失礼します」

と慌てた様子で会議室を出ていった。綺麗な人を見ると、つい、からかいたくなってしまう悪い癖が出た、と青江はその場にいた皆に気づかれぬよう、こっそり肩を竦めた。

「それでは早速本題に入りましょう」

長峰が口を開く。青江が座らされた場所は彼の正面で、距離があるな、と思いつつ青江は「はい」と頷いた。

「紅原から聞きました。ホストクラブ『ホワイト・ラブ』のホスト、眉月靖彦も、そして昨日殺されたゲイバー『いちごのお店』の簑島達也も、加えて先月はじめ、店舗の火事で焼死した代官山のカフェ『トリビュート』の店長、村瀬慎二《むらせしんじ》も、あなたの捜査対象者だったというのは本当ですか」

「はい。本当です。ただ、簑島とはコンタクト前でしたが」

答えた青江に長峰が「失礼ながら」と言いつつも、実は少しも『失礼』とは思っていない口調で問いを発した。

「あなたがたの潜入捜査の情報が、漏れていたという可能性についてお聞かせください」

「正直、『ない』とは断言できません。こう重なりますと。ただ、心当たりはまったくない状況でして」

青江は答えたあと、わかるものか、と言いたげな三人と、自分の横に座る紅原をざっと見渡してから再び口を開いた。

「逆に教えていただきたいのですが、三件の殺人事件について、犯人の目星はついていますか？」

代官山の件は現状立件はしていないし、昨夜の事件については昨日の今日ゆえ、事件自体報道されていないが、青江の知る限りどれも犯人が逮捕されたという報道はなかった。

報道されていないだけで逮捕はされていたのかもしれないので問うたのだが、四人が四人とも渋い顔になったのを見て、まだか、と答えを聞くより前に青江は察した。

「いえ」

短く答えたのは横に座る紅原だった。

「山東会がかかわっている気配はありますか？」

「麻薬捜査の対象は山東会ということですか？」

長峰が確認を取ってくる。

「はい」

「どうだ、紅原」

長峰の問いに紅原は、

「それが」

と、一瞬言葉を選ぶようにしたあと、浅く息を吐き出し、はきはきとした口調で話し始めた。

「山東会の名前は青江さんより聞いていたので調べているのですが、今のところかかわりを見出せてはいません」

「眉月を轢き逃げした犯人も違うと？」

意外だ、と青江は思わず報告の途中とわかりつつ、問いを挟んでしまった。紅原がちらと彼を見る。不快げなその表情から、やはりこいつ、かなりプライドが高いなと青江は心の中で首を竦めた。

「失礼しました。盗難車を使うなど、いかにもヤクザの手口かと思ったものですから」

「その可能性は高いと我々も判断しました……が、未《いま》だ実行犯の目星はついていません」

「……そうですか……」

てっきり山東会の仕業《しわざ》かと思っていたが、もしや違うのだろうか。そうあっては困ると思いながらも青江は、眉月の命を奪ったのは山東会に違いないと考えていた。がここにきて初めて、違う可能性について考える必要性を感じ始めてもいた。

やはり一連の殺人は自分の潜入捜査とは関係がないのか？　眉月ははめられたのでもなんでもなく、実際キャバ嬢の萌絵を殺害し、警察から逃走しようとして何者かにより轢き逃げされたのだろうか。

いや——それはないな。青江はその考えを即座に否定した。轢き逃げは故意だからこその盗難車だろう。たまたま轢いてしまったのが盗難車、という『偶然』は普通に考えてあり得ない。

やはり何かしらの陰謀は働いている気がするのだが。いつしか一人の思考の世界に入り込んでいた青江は、

「……ですよね、青江さん」

と紅原に確認を取られ、はっと我に返った。

「ええと……」

聞いていなかったとはさすがに言えず、答えに詰まった青江に対し、紅原がさりげなく先ほどと同じと思しき問いを繰り返してくれた。

「眉月にとって被害者はいわゆる『太い客』であり、殺す動機はないということでしたよね」

「はい。あくまでも私見ではありますが、被害者と眉月の仲は良好といってよく、勢いにしろ殺害に及ぶということは考えられませんでした。二人には覚醒剤の使用歴はなかったんですよね？」

フォローしてくれたことに感謝しつつ、青江は紅原に確認を取った。以前教えてもらったからなのだが、紅原はどうも上司に報告していなかったらしく、一瞬言葉に詰まったあと、口を開いた。

「……ありませんでした。前に青江さんがおっしゃったとおりだったというわけです」

「ああ……」

報告遅延を誤魔化《ごまか》そうとしているのか。察した青江が何かフォローの言葉を口にしようとしたそのとき、長峰が喋り始め、青江の気遣いは形を成す前に終わった。

「しかし二人は男女の仲だったのでしょう？　ホストと客という立場を離れたところで何か揉めたのかもしれませんよ」

長峰の意見はある意味、青江にとってはありがたいものだった。どうやら警察は三件の事件に関連づけをしない方向で捜査を進めたいようである。しかしありがたいとはいえ、乗っかっていいものかと青江は迷い、一瞬異議を唱えるのが遅れた。と、青江の横から、

「しかしながら」

と紅原が挙手し、喋り出した。

「二人までなら私も偶然説を推したと思います……が、立て続けに三人となると、偶然といっていいのか、気になります」

「………」

彼は言うときは言うのだな、と紅原の発言に青江は正直驚いていた。ただの印象ではあるが、上役に対してはイエスマンなのではないかととらえていたのである。

警察は純然たる縦社会であり、その中で出世を望むのであれば、イエスマンにならざるを得ない。

紅原の言動から、上昇志向が強いタイプと思っていただけに、外したな、と青江は自身の観察眼に、少々自信を失った。同時に紅原に対し、少し申し訳なくも思った。

「気になるか」

長峰が少しむっとしたような顔になり、紅原を見る。紅原は真っ直ぐに長峰を見返しつつ、口を開いた。

「可能性としては私も低いとは思います。が、ゼロではないかぎり、何か対策を立てたほうがよろしいかと思われます」

「……まあ、それはそうだろうな。麻薬取締部にも情報が流れていることだし」

長峰の顔に笑みが戻る。青江はさすがだな、と思わず紅原の顔を見やってしまった。

上司の機嫌を損ねたとわかった瞬間、フォローに走り、しかもそれに成功する。イエスマンではないが、やはり上昇志向は強いと見える。微笑みそうになった口元を青江が引き締めたそのとき、長峰が、

「そういうことなら」

と喋り出した。

「山東会と事件の関連性については、紅原君、君が担当してくれたまえ。青江さん、彼に協力してもらえますか？」

「え？　あ、はい。勿論です」

いきなり話を振られ、青江は慌てて笑顔を作ると長峰に頷いてみせた。

「……はい」

横で紅原が返事をする。彼の声のトーンが明らかに下がっていることに、青江は気づき顔を見やった。

「よろしくお願いいたします」

そんな青江に紅原が丁寧に頭を下げてくる。

「こちらこそ、よろしくお願いいたします」

青江もまた頭を下げ返したところに、長峰の声が響いた。

「取りあえずは、捜査本部はそれぞれに立てることにする。麻薬取引との関連が証明された時点で合同にするかどうかをまた見当するとしよう」

「それがいいでしょう」

「賛成です」

新宿署と渋谷署の刑事部長が二人して賛同する。やはり警察としては『関連性なし』というスタンスをとるということだろう。そう察した青江は、果たして今紅原はどんな顔をしているのだろうと気になり、再び視線を彼へと向けた。

「……っ」

その瞬間目が合ったことに青江は驚き、息を呑《の》んだ。そんな青江から紅原がすっと目を逸《そ》らせる。

自分の思考が読まれていると察した青江は、やはりこいつ、相当プライドが高いなと紅原を横目に密かに溜め息を漏らした。

きっと彼の心中には、捜査の主流から外れたことへの不満が渦巻いているに違いない。これは外していない自信がある、と青江は、作っているとしか思えない紅原の笑みに笑みで応えながら、彼と共に行う捜査はなかなか面倒なものになるに違いないという確信を抱いていた。

5

二十分ほどで会議は終了し、長峰らは紅原に「あとは頼んだ」と言い残し、会議室を出ていった。

青江と紅原、二人だけが広い会議室に残される。

「…………」

紅原の機嫌はどう見ても悪そうである。主流の捜査から外されたのだ。気持ちはわかる、と青江は同情的な視線を彼へと向けた。

「なんです？」

紅原の顔がますます険悪になる。

「いえ。貧乏くじを引いたと思われているのではと」

青江がそんなことを言ったのは、紅原に対し興味を覚えていたからだった。彼の素の顔を知りたい。そう思ったがゆえの問いかけに対し、紅原は実にクールな対応をしてみせた。

「その発想はありませんでした。私にとってはいかなる捜査も比重は同じですので」

「それは……」

ご立派ですね。しかし嘘でしょう。思わず突っ込みたくなるのを青江は堪え、紅原がさも心外だというように、加えて極めてにこやかに答えてきた顔を見やった。

そこまでされると本音を引き出したくなる。その取り澄ました表情を引っぺがしたくなるのだ。我ながら悪趣味な上、今はそんな場合じゃないか、と内心苦笑しつつ青江は、本来せねばならない話題を振るべく口を開いた。

「それはよかった。ところで三件の事件の概要を教えてもらえますか？　報道された程度のことしか知らないので」

「わかりました。少々お待ちください」

紅原はまたもにっこり微笑み会釈をすると会議室を出ていった。その間に先ほどの女性警官が新しいコーヒーを持ってきたのは、どうやら紅原の指示だったようである。

「お待たせしました」

五分ほどで戻ってきた紅原の手には書類の束とタブレットがあった。

「まず一件目の事件ですが、被害者については私より青江さんのほうが詳しいでしょう。代官山のカフェ『トリビュート』の店長、村瀬慎二、三十二歳。先月の二日未明、店の厨房から出火し店舗は全焼、店内から村瀬さんの遺体が発見されました。消防も警察も、不審火という判断は下しておらず、村瀬さんによる失火ということで処理されました。村瀬さん、泥酔した状態で調理場に立つことがよくあったそうですね。ガス台の安全機能が故障していたということも従業員から聞きました」

「……確かに酒好きではありました。が、随分と用心深い性格でしたよ」

失火とは考えがたい、と青江が続けようとしたそのとき、

「ああ」

不意に紅原が、何か気づいた声を上げたものだから、青江は驚き、

「なんです？」

と彼に問いかけた。

「もしやあなた、村瀬さんに最近できたという同性の恋人……ですか？」

紅原がそう告げたあと、はっとした表情となる。

「ああ、失礼、その……」

問いかけがストレートすぎたかと反省しているらしい彼に向かい、青江はにっこりと微笑み頷いてみせた。

「はい、そうです。北村《きたむら》と名乗ってました」

「…………」

即答した青江を前に、紅原は一瞬言葉に詰まってみせた。が、すぐに、敢えて作ったと思しき淡々とした口調で言葉を発した。

「従業員から聞きました。村瀬さんがゲイであることと、最近美形の恋人ができたというこ

とを。事件性なしと判断しましたのでその人物についての追及は敢えてしませんでしたが……あなただったんですね」

淡々としつつも最後は思わず素が出た、といった感じの紅原に青江は思わず吹き出してしまった。途端に紅原がむっとした顔になる。

「ああ、すみません。そうです、そのゲイの恋人が私です。私もね、実はゲイなんですよ」

「え」

この顔が見たかった。青江はまたも吹き出しそうになるのを必死で堪えた。

鳩が豆鉄砲を食ったよう——紅原はまさに今、そんな顔をしていた。

青江は別に、カミングアウトするつもりはなかった。その必要もないはずなのに、こうして明かしたのは単に、紅原の驚く顔を見たくなったためだった。

わけのわからない衝動だった。紅原を驚かせることになんの意味があるのか。意味などないということは、青江自身が一番よくわかっている上、今後の捜査に支障が出るかもしれない。

それがわかっていてなぜ、と幾許《いくばく》かの後悔を胸に青江が見返した先では、紅原が既に冷静さを取り戻していた。

「そうですか。それで潜入捜査中に、村瀬さんに何か危機が迫っていたと感じられることはありましたか?」

さらりと流しやがった。少しの動揺も見せない紅原に対し、青江は思わずヒュウ、と口笛を吹きそうになり慌てて留めた。

さすがだな、とポーカーフェイスを見つめつつ、彼の問いに答え始める。

「気づいたことは特にありませんでした。私も二人目、三人目と立て続けに亡くなっていなければ、不慮の事故だと思ったままだったでしょうから」

「ということは最初は青江さんも、過失死だと判断されていたのですね？」

すかさず紅原が確認を取ってくる。想定内だ、と青江は微笑み頷いてみせた。

「違和感は覚えました。らしくないな、と。でも、報道も失火となっていましたし、それに我々の捜査が山東会に知られているとはとても思えませんでしたので」

「なるほど……」

紅原は何かを言いかけた。おそらく『自信満々ですね』的なことだと思われたが、結局彼はそれを口にすることなく、事件について話を進めた。

「村瀬さんは解剖の結果、多量のアルコールを摂取していることはわかりましたが、それ以外には特に気になるものは何も出ませんでした。彼自身は覚醒剤をやっていなかったようですね」

「はい。彼の場合は山東会の幹部に高校時代の先輩がいたことが、覚醒剤取引に関与するきっかけでした。カフェの客や彼の恋人、それにセフレに販売していたというところまでは調査が進んでいたのですが」

「あなたも取引を持ちかけられましたか？」

紅原の問いに青江は「いいえ」と首を横に振ったあと、また悪戯心《いたずらごころ》を起こし、こう言葉を続けた。

「まだ寝ていませんでしたから」

「寝るんですか？　いつも」

紅原が淡々と問うてくる。

「必要があれば……って冗談ですよ」

納得していそうな紅原の表情から、信じられては困る、と青江は慌てて否定した。

「冗談を言っているような場合じゃないと思いますがね」

ここまでのやりとりを予想していたのか、紅原が厳しく突っ込んでくる。

「ですよね。すみません」

確かにその通りだと青江は素直に謝ると、机の上に置かれた捜査書類を手に取った。

「拝見していいですか？」

「そのために持ってきたので」

紅原が冷たく答える。冷静に見せてはいるが、やはり動揺したのかなと、必要以上に攻撃的に見える彼を見ながら青江は「そうですよね」とあくまでも冷静さを保ちつつ微笑んでみせてから、捜査書類を読み始めた。

「…………」

村瀬の人間関係について、随分と把握しているつもりでいたが、知らない部分も多々あった。失火と判断を下された事件だというのに、かなり突っ込んだ捜査をするのだなと青江は感心しながら書類を目で追っていった。

村瀬の恋人、もしくはセフレについて、青江は自分以外に四人いると認識していたが、実際は五人だった。覚醒剤を彼から買っていたのはその中で三人。これについての正誤は書かれていない。警察は村瀬が覚醒剤の売人をやっていたことに気づいていないためだと思われるが、一方、カフェの経営については青江の認識以上に行き詰まっていることを突き止めていた。

だからこそ、山東会に誘われるがままに覚醒剤取引に手を染めることとなったのだろう。それぞれの捜査を合致すれば全体像が見えてくるということかと、青江は目を上げ紅原を見やった。

「何かありましたか?」

紅原が相変わらず淡々と問い返してくる。

「いや、失火ということだったのにこうも詳細な捜査がなされているのはさすがと思ったんです」

嫌みでもなんでもなく、青江は感心したままを言ったのだが、受けとる紅原はどうも、からかわれているとでも取ったらしかった。

「それはどうも」

少々むっとしている様子の彼に青江は、

「いや、本心ですよ」

とフォローの言葉を告げた。

「私の捜査では村瀬と付き合っていた男の数は自分を入れて五名でした。が、実際は六人もいた。それに店の経営状態もここまで悪いとは認識していませんでした。それでさすがだなと思ったというわけです」

「……すみません、大人げなかったですね」

今度は紅原が素直に謝罪をしてきて、青江は思わず苦笑した。

「いえ、私も悪かったです」

からかうつもりはなかった、と詫び返したあと、

「第二の事件について教えてもらえますか？」

と話題を他に振った。

「わかりました。こちらが資料です。そしてこれが現場写真」

書類とタブレット、両方を青江の前に置いてから紅原が説明を始める。

「以前、お話しした以外のことは殆《ほとん》どわかっていません。被害者のマンションの防犯カメラは運悪く故障していたのですが、これが故意なのかそれとも偶然なのかはわかっていません。ホスト、眉月は事件当日の朝、マンションを出る姿がエントランスの防犯カメラに映っていましたが、その日の足取りはわかっていません。やはりマンションを出てすぐ拉致《らち》され、拘束されていたという可能性が高そうです」

「私の知る限り、眉月さんに対し、殺意を抱いているような人物は思い当たらないのですが、やはり警察の捜査でもそうした人物は浮かび上がってこなかったということですね」

「そうです。しかし同時に、山東会との繋がりも出てこないんです。それは第三の被害者、簑島についてもなんですが」

「そこがわからないですよね」

青江の言葉に、

「そうなんです」

と紅原もまた頷いた。

「二件ならともかく、三件偶然が重なるなんてことはまずないでしょう。しかしそうなると、あなたの潜入捜査についての情報が外部に漏れているということになりますが、それはよろしいんですか？」

「まああありありがたいことではありませんが、もしもそうであれば、それこそ早急な手配が必要になりますので、それならそうとわかったほうがいいですね」

「優等生的な回答ですね」

紅原がにっこり笑ってそう告げる。嫌みのない口調に青江もまた、にっこり、と笑い返した。

「優等生ですから」

「だそうですね。しかも潜入捜査を得意にされている」

紅原の言葉からは相変わらず嫌みは感じられなかった。とはいえ、ここで謙遜《けんそん》しないのも変かと首を横に振った。

「『優等生』は冗談です。ああ、失礼。冗談を言っている場合ではありませんでした。正直、参ってはいますよ。ただ、情報が漏れたときには、これか、という心当たりは必ずあるんですが、この三件に限ってはまったくないんです。まあ、私の勘が鈍ったと言われてしまうと反論はできないのですが」

「あなたほどの実績のある方の勘が急に鈍ることのほうが違和感ありますけど」

「ありがとうございます」

素直すぎる賛辞に戸惑いを覚えながらも、一応の礼を言った青江に、紅原がにこりともせず言葉を続ける。

「しかしそうなると、すべてが偶然ということになります」

「……やはり情報が漏れていたと考えるべきですよね」

頷く青江に紅原もまた「そうですね」と頷き返した。

「昨夜の簑島殺害について、説明していただけますか？」

青江がそう言うと紅原は、

「こちらです」

と再び書類と、そして操作し該当の現場写真の画像を表示させたタブレットを示して寄越した。

「これは酷いな」

思わず青江の顔が歪む。公衆トイレの個室に座らされた状態となっていた簑島の遺体は血まみれだった。ナイフで刺されたことによる失血死とは聞いていたが、滅多刺しとは思っていなかった、と写真を食い入るように見ていた青江に紅原が事件概要を説明してくれる。

「刺し傷は六箇所。顔も傷つけられています。凶器は発見されていません。犯人が持ち去ったものと思われます。個室内から多数の指紋が発見されましたが、犯人のものが含まれている可能性は著しく低いとみています」

「容疑者は挙がってますか？」

「いえ、今のところ特には」

紅原が首を横に振り、逆に青江に問いかけてくる。

「簑島ですが、誰かに恨まれていたというような情報はそちらに入っていませんか？」

「特に聞いていません……が、念のため確認します」

「交友関係についてはどうです？　特定の恋人はいましたか？」

「男関係も女関係も派手でしたが、特定、というのはいなかったんじゃないかと」

「え？　女関係？」

紅原が戸惑った声を上げる。

「ああ、簑島はバイセクシャルなんですよ」

店に来た客の女性をかなり喰っていたという話をすると、紅原は、

「女性もゲイバーに来るんですね」

と、青江の予想していないところに感心してみせた。

「女性が入れる店と入れない店がありますが、『いちごのお店』は女性歓迎の店だったんですよ」

「オカマタレントも女性からの支持が高いといいますが、そういうことなんでしょうかね」

なるほど、と尚も感心してみせる姿に青江は思わず笑いそうになった。が、失礼かと思い直し、話を戻すことにした。

「特定の恋人がいるかどうかも確認します。おそらく、いないと思います。彼の家族関係についてはもう把握されていますか？」

「はい。両親は名古屋在住ですよね。姉が一人いますが結婚して今は福岡県におり、両親、姉ともに簑島とは何年も没交渉だったと」

「らしいですね。まあ、カミングアウトをきっかけに絶縁、というパターンじゃないかな」

「…………」

比較的ありがちなストーリーを告げた青江の顔を、紅原が一瞬凝視する。

「なんです？」

だが青江が問いかけると紅原は我に返った顔になり、

「いえ、失礼しました」

と視線を逸らせた。

『あなたはどうだったんですか』――それが聞きたかったんだろうな、と青江は察したが、望みどおり答えてやることを今回は躊躇った。

そうも自虐的になることはないと思ったからだが、実際、カミングアウトするより前に青江の両親は他界しており、その経験はないためだという理由もあった。

なんにせよ、事件には関係ないことだ。そう思いながら青江は、

「山東会側に何か動きがあるか、警察は把握されてますか？」

と他に話題を振り、それから二人は三件の事件についての情報交換を続けたのだった。

「まず、代官山の現場に行ってみますか」

一通りの情報交換が済むと紅原は青江をそれぞれの現場と、被害者の自宅に行こうと誘ってきた。

「よろしくお願いします」

積極的に動こうとする紅原の態度に青江は内心、少し驚いていた。

捜査の本筋は、三件の事件は関連性がなく、麻薬取引とのかかわりは見込めないというものであり、いわば麻薬取締官の自分と組まされたことに対して紅原は不満を抱いているのではと青江は考えていた。

彼は『貧乏くじ』とわかっていても尚、全力で捜査にあたる、いわばプロ意識の高い男ということか。上昇志向が強いだけでなく、やることはやるのだなと、青江の中で紅原の好感度はかなり上がっていた。

代官山のカフェ、亡くなった村瀬の部屋、そのあと眉月のマンション、最後に簑島のアパートの部屋に紅原は青江を連れて行ったが、それぞれの部屋の捜査はほぼ完了しており、覚醒剤取引に関する証拠は何も出てこなかった。

部屋に証拠を残すようでは、麻薬取締部の潜入捜査の対象にはならない。踏み込めばいいだけの話だからだが、それにしても三人が三人とも、酷く用心深かったというのに命を落とすとは、と青江はある意味感心してしまっていた。

簑島のアパートの部屋の捜査を終えた時点で、午後八時を回っていた。

「青江さん、このあとは戻られますか？」

紅原の問いに、既に上司に連絡を入れていた青江が「いえ」と答えると、紅原はある意味予想外の誘いをして寄越し、青江を一瞬戸惑わせた。

「それなら食事でもどうです？」

「え？　ああ、いいですね」

まさか食事に誘われるとは。驚きはしたものの青江はすぐに笑顔を作ると、

「何を食べます？」

と問い返した。

「軽く飲める店がいいですね。よければ私の行きつけの割烹にお連れしたいんですが」

紅原がにこやかに微笑みそう告げる。もう店まで決めているのか。主導権は自分が握るということかなと思いながら青江は、

「よろしくお願いします」

と彼もまたにこやかにそう言い、頭を下げた。

紅原が青江を連れて行ったのは、神楽坂《かぐらざか》にある割烹料理店だった。一階はカウンターだけ

の小さな店で、店名は『加賀《かが》』といった。

「二階、いいですか？」

紅原が女将《おかみ》に声をかけ、二階への狭い階段を上っていく。二階は四人も入ればいっぱいになる狭い座敷で、なるほど、事件の話をするのにこれほど適した店はないな、と青江はさすがのセレクト、と紅原を見やった。

「女将が金沢出身なんです。味もなかなかですよ」

紅原が目を細めるようにして微笑み、さあ、どうぞ、と上座を勧める。遠慮し合うというのもスマートではないかと、青江は素直に上座に座り、紅原はその向かいに座った。

女将が注文をとりにきたのに、紅原は青江に自分に任せてほしいと先に許可を得てから、数品、彼のお薦めと思しき品を注文した。

「ビールでいいですか」

「はい」

青江に酒の好みはなく、なんでも美味《おい》しく飲むことができた。紅原もいけそうなタイプに見える。しかし彼はなぜこうして酒席を設けようと思ったのだろうと青江は改めて紅原へと視線を向けた。紅原もまた、青江を見返す。

と、そこに注文した生ビールが運ばれてきて、二人の視線はそれぞれにビールへと注がれることとなった。

「それでは、ひとまずお疲れ様でした」

女将が出ていったあと、紅原が中ジョッキを持ち上げ、青江に向かって掲げてみせる。

「お疲れ様です」

青江は持ち上げたジョッキを軽く紅原のジョッキにぶつけて応え、二人してビールを飲み始めた。

それから間もなく注文した料理がいちどきに運ばれてきたが、それは会話の邪魔はすまいという店側の配慮と思われた。

『行きつけ』と言っていたので、紅原がそのように指示しているのかもしれない。本当にそつがないことで、と感心していた青江は紅原に、

「ところで」

と話しかけられ、我に返った。

「青江さんはどう思われています？」

「三件の事件にかかわりがあるか否か、ですか？」

敢えてぼかした問いをしかけてきた紅原に対し、青江は彼の意図を確認しようとズバッと問い返した。

「ええ、まあそうです」

紅原が幾分むっとしたような表情となり頷いてみせる。そこは察しろと言いたいのかと心

の中で苦笑しながら青江は、自身もまた言葉を選び選び答えを返した。

「今日、現場や被害者たちの自宅を実際この目にするまでは、関連性がないわけがないと思っていました……が、今は少々、迷ってます。正直、繋がりが見えてきません」

「そうなんです。私も偶然はあって二回で、三回目は必然だと思っていたのですが、どうも……微妙な感じです」

紅原もまたそう言い、複雑そうな表情のまま頷いてみせる。

「もう一度、同じことが起こったらもう『偶然』とは言えないと思うんですけどね」

青江のその発言は本気で告げられたものではなかった。ものの たとえ、くらいのつもりだったのだが、紅原は思わぬ食いつきをみせてきた。

「囮《おとり》捜査ですか。警察では認められていませんが、それはいい手かもしれません」

「……あ、いや……」

目を輝かせる紅原に対し、上司の判断をあおがなければ話は進められない立場の青江は、慌ててそれを伝えるべく説明を始めた。

「申し訳ありませんが、私の一存では決められませんので、明日にでも上司の了解を得ることと致します」

「そうですか」

紅原が心持ちがっかりした顔になる。

「すみませんね。あなたほど偉くないんです、私は」

嫌みではなく、事実として述べただけだったのだが、紅原はいかにも日本人らしい謙遜の美徳を体現してみせた。

「私も特に『偉い』というわけではありません。何をするにも上司の許可はいります」

「でも確か警部でしたよね。失礼ですが紅原さん、おいくつですか？　見たところ三十くらいじゃないかと思うんですが、それで『警部』って凄いんじゃないですか？」

「はい、三十です。でも別に凄いことはないですよ」

紅原がまたも謙遜してみせる。

「私も三十です。ご結婚は？」

「…………」

紅原が少し驚いたように目を見開く。

「ああ、プライベートには立ち入るなというのなら今の質問は……」

撤回します、と言おうとした青江の言葉に被《かぶ》せ、紅原の淡々とした声が響く。

「していません。誰かと付き合うとか、そういった余裕はないというのが現状ですね」

「独身ですか。ではさぞモテるでしょう」

これもまた青江の本心から出た言葉だったが、紅原は嫌みと捉《とら》えたらしかった。

「ですから、そんな時間はないんですよ」

「女性に言い寄られるのがうざったい？」

紅原の発言が照れからというより心底嫌がっている感じだったため、青江はそう問いかけたのだが、紅原が眉を顰めたのを見て、誤解されたかと苦笑した。

「ああ、すみません。別にあなたを口説《くど》いているわけではないですよ」

「そうは思っていません。が、私はゲイじゃありません」

紅原がぴしゃりとそう言い、この話は終わりだといわんばかりに話題を変えた。

「麻薬取締官になられた動機は？　もともと目指してらしたんですか？」

「ええ、大学受験のときもそれで薬学部を目指しました」

実際青江は医学部に入りたかったが、自分の学力と経済力が及ばなかったため、薬学部に進路変更したのだった。

進路を決める際、同じゼミの先輩が麻薬取締官になっていたので、話を聞いてみたら面白そうだった、という、ごくごく軽い、といってもいいことがきっかけとなったのだが、正直に告げれば紅原はきっと自分を馬鹿にするだろうと思ったため、小さな嘘をついた。

「大学はどちらです？」

「K大です。あなたは？」

問われたので問い返したのだが、紅原は答えるのを一瞬躊躇《ちゅうちょ》した。が、すぐ敢えて作ったと思しき淡々とした口調で大学名を告げる。

「T大です」

「凄いですね。学部は？」

天下のT大ならなぜ言いよどんだのか。もしや自分の大学との差を思いやってくれたのかと青江は思ったのだが、紅原の学部を聞き、とある可能性に気づいた。

「法学部です」

「ますます凄い」

「凄くはありません。T大法学部を出てもキャリアにはなれませんでしたから」

青江が『気づいた』ことに紅原はそれこそ気づいたらしく、彼のほうから明かして寄越した。

「だって『狭き門』なんてものではないんでしょう？　毎年全国で十名受かるかどうかというくらい、難しいと聞きましたよ」

かつて青江が付き合っていた男の中に、その『キャリア』がいた。顔はとびきり好みだったが選民意識が強く、プライドの高さに辟易《へきえき》とし早々に別れたのだった。

「同じ学部で受かった人間はいましたけどね」

紅原がさもなんでもないことを語るかのようにそう言い、笑ってみせる。完璧《かんぺき》な笑みだったが、それだけにこの話題は彼のプライドに障《さわ》るのだろうなと、青江は話を変えることにした。

「お住まいは？　独身寮ですか？」

「はい。あなたは？　やはり独身寮ですか？」

紅原が笑顔のまま、問い返してくる。

「いえ、叔父《おじ》のマンションの留守番をしてます。今は海外にいるので」

「叔父さんの。何をされてるんです？」

「カメラマンです」

「カメラマン」

紅原が目を見開く。彼の周囲にはいない人種なのだろう、と思いながら青江は、

「無名のカメラマンですよ」

と決して謙遜ではない説明を加えた。

「でも海外で活躍していらっしゃる」

「活躍……はどうでしょうね」

青江の叔父――父の年の離れた弟である実朝《さねとも》は、若い頃から放浪癖があり、青江の父から常に『まともに生きろ』と説教されていた。

カメラマンとしての才能のほどは青江にはわからなかったが、それだけで食べていけるということはそれなりということだろうと判断していた。

本人の性的指向はノーマルだが、職業柄かゲイの友人が多いため、青江がゲイであること

には気づいていて、若い頃には何かとフォローしてもらっていた。

両親にカミングアウトをしようとしたのを止めたのも叔父で、そのことを特に青江は感謝していた。

「一応、仕事は続いているようです。叔父の父親、俺にとっては祖父が亡くなったときの遺産として、それまで祖父が住んでいたマンションを相続したんです。で、それを留守の間、俺に貸してくれているというわけです」

いつまでも『私』では打ち解けるものも打ち解けない。いつ『俺』に変えようかと青江は考えていたのだが、プライベートな話題の今が最適か、と少し口調を砕けさせた。

「場所はどちらで？」

だが紅原のほうには打ち解けようという意思はないらしく、相変わらず畏まった口調のままである。

「赤坂です」

「いい場所だ」

うらやましい、と微笑むその顔も、いかにもとってつけたような感じで、彼と心を通わせる日は遠いな、と青江は密かに苦笑した。

しかしよく考えてみれば――否、考えるまでもなく、別に心を通わせる必要などないはずである。何を考えているんだか、と青江が自身の思考に戸惑いを覚えていたそのとき、紅原が不意に今までの流れを中断させるような話を振ってきた。

「ところで青江さん、潜入捜査についてちょっと聞かせてもらってもいいですか?」

「え? ああ、どうぞ」

軽く了承した青江だったが、紅原の『問い』は答えに詰まるものだった。

「あなたは村瀬さんの『恋人』だということでしたが、つまるところどの程度の関係だったのですか?」

「ええと、それはつまり肉体関係はあったのかと、そういったことをお聞きになりたいということですか?」

わざわざその表現で問い返したのは、時間稼ぎ、または問いを取り下げさせることを目的としていた。

というのも、村瀬とは肉体関係はなかったが、今までの潜入捜査でも皆無かと言われると、胸を張ってそうだと答えられなかったからである。

寝ないと怪しまれるというような場合、青江は独断で関係を持った。報告せずにすみそうなときには敢えて上司には伝えなかったことからも、公になれば問題になるという自覚はあったのだが、捜査の効率を上げるためと割り切っていた。

日中、似たような問いをされたときには誤魔化したが、今回もまた誤魔化すのが得策だとは思ったものの、誤魔化せるような相手ではないかと半ば覚悟していた。

「はい、昼間はそういったことはないと仰っていましたが、カフェの店員から、新しい恋人と店長はかなり親密だったと聞いたのを思い出しまして」

やはり問いを引っ込めることなく、それどころかストレートに問うてきた紅原に対し、青江は無駄とわかりつつも抵抗してみせた。

「その証言、嫉妬《しっと》も入っていると思いますよ。山口《やまぐち》という店員でしょう？　彼、店長に気がある様子だったから」

「嫉妬……」

青江の発言に紅原は目を見開いたが、すぐに話を戻してしまった。

「それで、関係したんですか？」

「それを聞くということはもしかして、紅原さん、俺を疑ってます？」

またも誤魔化そうとした青江だったが、口にしてみて、もしやそれが正解ではと気づいた。

「いえ、そのようなことは」

紅原がすっと青江から目を逸らし俯《うつむ》いたあと、改めて目線を上げ、真っ直ぐに見つめ直してきた。

「私が知りたいのはあなたと村瀬が本当に『恋人同士』だったかということだけです」

「それはありませんよ。肉体関係も勿論ない。彼とはね」

「『彼とは』……？」

紅原が青江の言葉尻を捉え、問い返そうとしてきたものの、すぐに、

「では村瀬とは深い仲ではなかったんですね」

と本来彼が知りたがっていたと思しき内容の確認を取ってきた。

「はい。ありませんでした」

これは嘘ではない。真っ直ぐに紅原の目を見返し、青江は頷いてみせた。

「失礼な質問をして申し訳ありませんでした」

「……いや、別に失礼じゃありませんよ」

やはり紅原が気になっていたのは、自分が犯人たり得るかという可能性だったようである。

お前、友達少ないだろうと言いそうになるのを堪えながら青江は、自分以外は誰も信用できないと思っていかねない目の前の男を、改めてまじまじと見やったのだった。

6

「お、どうした、龍一郎《りゅういちろう》。浮かない顔して」

翌朝、紅原《こうはら》は警視庁の廊下で擦《す》れ違いざま、加賀谷壮介《かがやそうすけ》にそう声をかけられ、不本意だと思いながら彼を振り返った。

「浮かない顔などしていませんよ」

「俺にまで無理することないだろ」

敢《あ》えて淡々と返した紅原に対し、加賀谷が苦笑してみせたあとに顎《あご》をしゃくる。

「付き合えよ」

「どこに」

「煙草部屋《たばこべや》」

「煙草はやめたほうがいいですよ」

紅原のアドバイスを聞き流し「行くぞ」と先に立って歩き始めた加賀谷は、紅原の高校時代の部活動の先輩だった。

高校時代紅原は剣道部に所属していた。紅原は高校二年のときに二段になったのだが、当時主将だった加賀谷はそのとき既《すで》に三段で、何度手合わせを挑んでも紅原は加賀谷にかなわなかった。

　加賀谷とは高校を卒業して以来会うことはなかったのだが、期せずしてばったり、警視庁捜査一課で再会した。今では紅原が警部、加賀谷が巡査部長と、階級は紅原のほうが上だが、相変わらず剣道の実力も段位も加賀谷にはかなわない上に、加賀谷には十代の青い頃をすみずみまで知られているという弱みもあって、まさに『頭が上がらない』状態となっているのだった。

　紅原は煙草を吸わない。喫煙歴もないのだが、一方加賀谷はヘビースモーカーだった。仕切りのガラスが脂《やに》で黄色く汚れている喫煙ブースの中は無人で、それを狙《ねら》っていたのか加賀谷は、よしよし、というように頷《うなず》いてから改めて紅原を見つめてきた。

「マトリと一緒に動いているんだって？」

「さすが。先輩、耳が早いですね」

　紅原のこの言葉は別に加賀谷を揶揄《やゆ》したわけではなく、普通に感心してのものだった。が、加賀谷はそうはとらなかったらしく「嫌みだねえ」と苦笑してみせてから、そういうつもりはなかったと主張しようとした紅原の言葉を遮り、話を続けた。

「やりにくいのか、マトリとの捜査」

「いや、やりにくいというか……」

紅原は否定しかけたものの、とても『やりやすい』とはいえないかと思い、言葉を途切れさせた。

「マインドが違う？」

どう『やりにくい』のか。それを自身に悟らせようとしているのだろう。加賀谷が問いを重ねてくる。

相変わらず面倒見のいい人だと心の中で苦笑しつつ紅原は、カウンセリングよろしく自分の心中を整理しようとしている加賀谷に対し答え始めた。

「今まで会ったことがない人種というんですかね。潜入捜査を得意にしているんですが、まずそこから僕にはわからなかった」

「好きな仕事嫌いな仕事は誰にでもあると思うが？」

何がわからないのか、と加賀谷が問いかけてくる。

「いや、その……」

紅原は適当を言い誤魔化《ごまか》そうとしたものの、この、誰より信頼している先輩の意見を聞いてみたくなった。

「青江さん……ああ、マトリですが、ゲイなんですって」

「ゲイ？」

加賀谷が驚いたように目を見開く。

「あ、別に迫られているというわけじゃないです。カミングアウトされただけで」

「カミングアウト？　なんだってそんな状況に？」

不思議そうに目を見開く加賀谷の前で紅原は、

「どういう……そうですね」

とカミングアウトされたときの状況を思い起こした。

「焼死したカフェの店長がゲイだったんですが、そのマトリは店長の『恋人』として潜入していたということがわかって。その流れで」

「なんだ、それってゲイのふりをしていただけじゃないのか？」

拍子抜けしたような顔になった加賀谷だが、紅原が「違うんです」と話を続けると眉間《みけん》にくっきり縦皺《たてじわ》を刻むようになった。

「その話題のときにマトリがカミングアウトしたんです。『私もゲイです』と。そんな必要はまるでないというのに。なんでしょうかね、あの心理は」

「露悪趣味がある……とか？」

加賀谷は考えた後にそう告げたものの、それが正解とは本人も思っていない様子だった。

「一番ありそうなのは、冗談だった、というパターンかなあ」

「ですよね」

「じゃなかったら、お前に気があるか。今後のアプローチのために先に言っといた、とか？」

加賀谷が少し揶揄めいたことを言い出したのは、高校時代、紅原のことをいわゆる『そういう意味』で好きだと公言してはばからない同性の後輩が剣道部にいたからだった。男にも女にもモテる、と当時も随分からかわれたものだったが、と紅原は苦笑しつつ、

「それはなさそうです」

と首を横に振った。

「イケメンか？　そのマトリ」

加賀谷がますますにやつき問うてくる。

「ええ。しかも自分がイケメンだと自覚しまくっている感じです」

「なんだ、お前みたいだな」

吹き出す加賀谷を「なんですか。それ」と紅原が睨《にら》む。

「高校のときはどうしたんだっけ、お前に首《くび》っ丈《たけ》だったあの……ああ、新井《あらい》だ。ふったんだったか？」

加賀谷が話題を引っ張るのは、高校時代の出来事がよほど印象的だったためだと思われた。覚えているだろうに、と紅原は加賀谷を睨んだまま、十年以上前の懐かしい――という心境にはなれない過去の出来事を話してやった。

「注意はしましたよ。自分を好きだと触れ回るのはやめるようにと」

「で、泣かれたんだよな。片思いも許してもらえないのかって」

「論点がずれてる。参りましたよ」

おかげで更に噂になった、と肩を竦《すく》める紅原に、

「あれは災難だった」

と笑いながらも加賀谷が同情的な視線を向けてくる。

「紅原先輩は面食いだから、自分のことは相手にしてもらえないんだ、好きでいることも許してもらえないんだ、と誰彼かまわず触れ回られたんだよな」

「相手にしないのは顔が原因じゃなかったんですけどね」

『もっと自分が綺麗《きれい》だったら付き合ってもらえたのか』と泣かれた。新井というその後輩は自分の容姿には格別自信があったらしく、そんなことを言い出したと思われる。

紅原としてはただ『触れ回るな』と注意しただけだったのに、少しも話が嚙《か》み合わないことに苛立《いらだ》ちを覚えていたこともあって何も答えずにいたのだが、それを新井は肯定ととり、酷《ひど》いことを言われた、と今まで以上に触れ回った結果、誰も新井には同情はしなかったものの、しばらくの間紅原は校内で好奇の目にさらされることになったのだった。

別に紅原は特別面食いというわけではなかったのだが、それ以降、紅原には『面食い』というイメージがつき、未《いま》だにこうして加賀谷にからかわれている。

本当に勘弁してもらいたいものだ、と溜《た》め息《いき》を漏《も》らす彼に加賀谷は、

「冗談だ。悪い」

とウインクし片手で拝む真似をしてから、

「別に口説《くど》かれてないなら、放置でいいんじゃないか？」

と話を戻した。

「仕事ぶりはどうなんだ？　そのマトリ」

「優秀だと思います。頭の回転も速そうです。潜入捜査で二十数件、功績をあげているんですが、それもわかるという感じです」

「潜入捜査のプロか。面白いよな。ドラマやマンガの世界だ」

「本当に」

テレビドラマ等では刑事が『囮《おとり》捜査』や『潜入捜査』をする描写が出てくるが、現実とはかけはなれている上、警察官には潜入捜査がまず認められていない。

別人になりきるというのはどんな感じなのか。俳優が役を演じているというイメージか。容姿に自信があるからそういう仕事が好き、ということかもしれない。いつしか紅原は青江《あおえ》の端整な顔を思い出していた。

「きっとからかわれたんだろう。今日もマトリと捜査か？」

加賀谷に問われたことで紅原は暫《しば》しの思考から覚めると「はい」と笑顔で頷いた。

「捜査一課も関連性は薄いという見通しだが、くさらず頑張れよ」

「くさりませんよ。今更そんな」

苦笑した紅原に加賀谷は「ならいい」と笑ったが、彼の顔は『またやせ我慢をして』といいたげだった。

実際、幾分『やせ我慢』の要素はあったが、顔には出していない自信はあった。が、昨日は青江に、今日はこうして加賀谷に指摘されたところを見ると、その自信が揺らぐ。

カッコ悪い。自己嫌悪に陥りそうになっていた紅原は、それこそカッコ悪いかと自然に見えているに違いない笑顔を作ると、

「それじゃあ」

と加賀谷に軽く頭を下げ、喫煙室をあとにした。

これから紅原は青江と共に、焼死した村瀬《むらせ》の恋人やセフレに聞き込みに行くことになっていた。

なんとなく、彼は苦手だ――――またも青江の顔を思い浮かべながら紅原は、漏れそうになる溜め息を飲み込んだ。

苦手意識を持つのはなんだか負けのような気がして好きではなかった。その上、苦手と思われる部分はどうも、自分と似ているように感じるがゆえではないかとしか思えず、それがまた紅原のプライドを傷つけていたのだった。

『自分はできる』と思っているのが鼻につく。それは即《すなわ》ち、自身もまたそうであるということになる。

実際、青江も自分も世間一般と比べても『できる』部類の人間だとは思う。が、その自覚が外にダダ漏れというのはさすがに恥ずかしい。

自分もまたそうであるとするならみっともないことこの上ない。美意識に反する、と自身に対して憤りを感じていた紅原は、ふと我に返り、馬鹿か、と小さく呟《つぶや》いた。

意識しすぎだ。今までどんな苦手意識のある人間とも上手《うま》くやってきた。青江は別に性格に問題があるわけでも、能力に問題があるわけでもない。淡々と共に仕事をすればいいだけのことだ。

今日、彼は『囮捜査』の可否の結果を上司から聞いてくる。『可』となった場合、どこに何を仕掛けるかを早急に決め、即動こう。

そのためにはくだらない思考に捕らわれている場合ではないと紅原は軽く頭を振ることで気持ちを切り換えると、一層きびきびした足取りで歩き始めた。

三十分後、約束の時間の五分前にやってきた青江と紅原は警視庁内の会議室で打ち合わせを開始した。

「囮、オッケーです。餌の撒《ま》き場所も用意しました」

顔を合わせた途端に青江はそう告げると、にっこりと自信に満ちた笑みを浮かべて寄越《よこ》した。

やはり自分を『できる』と思っているな——先ほどの思考がちらと紅原の頭を掠《かす》める。が、すぐさま彼はそれを脳の奥底に押し戻すと、

「それはよかった」

と同じようににっこり微笑《ほほえ》み、身を乗り出してその『餌の撒き』方を問いかけた。

「どのように進めます？」

「まず、私がキャバクラの黒服として潜入します。この店は覚醒剤取引とは関係なく、外国人の不法労働疑惑があるのですが、それをネタに店長を今回、抱き込みました」

「なるほど。で、ターゲットは？」

「中村要《なかむらかなめ》という黒服です。特にこれといった犯罪歴はありません。彼を選んだのは店長で、理由はかなり腕が立つからとのことでした。万一のことがあってもある程度の自己防衛はできるということで」

「『万一のこと』が起こらぬよう、我々が密かに警護します……が、覚醒剤取引がまるでない店では、山東会《さんとうかい》も動かないのでは？」

「もしも彼らが私の動向を追っているのだとしたら、何かしらの動きは見せるのではないかと。警察と我々麻薬取締部で協力して山東会を監視しましょう」

「わかりました。四課にも協力してもらいます」

頷きながら紅原は、昨夜、飲みの席では青江の一人称が『俺』になっていたものが、仕事の席では『私』に戻っているなと気づいた。

『俺』の変化には気づいていた。おそらく彼は打ち解けることを目的にそうしたのだろう。普段の紅原なら相手の意図に合わせ、たとえ打ち解けていなかったにせよ彼もまた『俺』もしくは普段使っている『僕』と言い換えていたはずである。

それをしなかった理由は、自分でもよくわからなかった。少なくとも青江の性的指向は関係ない。口説かれている、などという自意識過剰な思い込みからではなく、やはりなんとなく対抗意識を燃やしていたからじゃないかという気がしなくもない。

だとしたら落ち込むなと、密かに溜め息を漏らした紅原は、続く青江の問いをうっかり聞き逃してしまった。

「……か？」

「え？　あ……」

自分としたことが。何をぼんやりしているんだと己《おのれ》を叱咤《しった》しつつ紅原は青江に頭を下げ、聞き返した。

「申し訳ありません。聞き逃《のが》しました。今、なんと仰《おっしゃ》いました？」

「それは……嫌みですか？」

青江が苦笑し、紅原の目を覗《のぞ》き込んでくる。

「嫌み？」

問い返すと青江は「あ、失礼しました」とすぐさま謝罪し、苦笑したままこう言葉を続けた。

「ちょっとした軽口のつもりで、『あなたも潜入されますか？』と聞いたんです。それをご不快に思われて聞き返されたわけじゃなかったんですね」

「……ええ、まあ……」

くだらない内容の発言を、頭を下げてまで聞き返したことに対する苛立ちは不思議と感じなかった。どちらかというと、羞恥《しゅうち》の念をより強く覚えている。頰《ほお》に血が上りそうになるのを堪《こら》えると紅原は、今の話題を軽く流すつもりで話を進めた。

「それでは潜入時期について教えてください。今夜から入りますか？」

「え？　ああ、そうですね。早いほうがいいでしょうから。今夜から早速勤務します」

「店名と、それから店長、それにあなたがターゲットにする黒服の詳しい資料をいただけますか？」

「こちらになります」

どうぞ、と差し出されたファイルを受け取ると紅原は、

「拝見します」

と断ってから書類に目を通し始めた。

キャバクラの名は『ピンクゴールド』。場所は新宿。店長は丸山悟《まるやまさとる》、五十二歳。買春での逮捕歴があった。その件に関しては初犯だったこともあり、執行猶予付きの判決で、執行猶予は随分前に終了している。

靖国通りに面した、いかにも見張りやすい立地ではあった。が、こちらが身を隠す場所もなく、相手に気づかれる可能性が高い場所でもある。

しかし文句をつけることもないだろう。実際、警察では潜入捜査は認められていないわけだし、と思考を切り換え、笑顔を作り顔を上げた。

「すぐに警護態勢を整えます。この資料はいただいてもよろしいですか？」

コピーを取りましょうか、という問いを待たずに青江は「どうぞ」と微笑むと、尚《なお》も紅原の目を見つめてきた。

「なんです？」

凝視される気まずさに、紅原が青江に問いかける。

青江は紅原の問いには答えず、相変わらず華麗といってもいい笑みを浮かべ言葉を続けた。

「そんなに見張りにくい場所で、どう警護すればいいのかと、クレームがつくものだと思っていましたので」

「クレームなどと」

それを聞き、紅原は今更の余裕を取り戻すことができた。

「どのような状況下であろうとも、我々は対応致します。任務ですから」

「……そう仰ると思いましたよ」

紅原の答えを聞き、青江はにっこりと微笑んだのだが、その笑みに紅原は、幾許《いくばく》かの揶揄を見出《みいだ》し、少なからずむっとした。

「なら仰らなければよかったのに」

言ってしまったあと、挑発に乗るとは大人《おとな》げない、と気づき、さりげなくフォローの言葉を足した。

「……冗談です。実際、見晴らしがよすぎて監視には苦労するかと思いますが、なんとかします。一課も四課もそうしたことには慣れていますので」

「それは心強いです。よろしくお願いします」

青江もまた、深く突っ込んでくることなく微笑みそんな当たり障《さわ》りのないことを言ってくる。だが彼の本心がその言葉どおりでないことは、不敵な笑みからそうと知れていた。

むっとはしたものの、仕事をする上で無視できるレベルの事柄だった。任務に差し障りがないのなら放置すればよい。紅原は自身にそう言い聞かせると、敢えて作った余裕の笑みを浮かべ「よろしくお願いします」と返したのだった。

打ち合わせを終え、青江は報告と夜の潜入の準備もあって一旦自分の職場に戻った。

「お疲れ」

いつものように笑顔で声をかけてきた清瀬《きよせ》のデスクは随分と片付いていた。退職まであと二週間を切っている。昨日、青江は清瀬からメールで、退職前に一度二人で会いたいという連絡を受けていた。

メールが来たのが夜中だったこともあり、まだ返信はしていない。

深く考える必要はないのかもしれない。同期だし、職場で一番仲がいい相手でもあった。

今までは毎日のように顔を合わせていたが、今後は会う機会は激減する。もしかしたら住む世界が違いすぎて、もう会うこともなくなるかもしれない。最後に思い出を語り合う場がほしい、その思いから清瀬は誘ってくれたのだろうとは思うのだが、二人きり、しかもアルコールが入った状態で、青江は清瀬を抱かずにいられる自信がなかった。

別れて以降、清瀬の目が常に自分を追っているのを青江は感じていた。自意識過剰なわけではない。視線を感じて振り返ると、そこには熱っぽい清瀬の目がいつもあった。

そうもあからさまに見つめては噂になる、と思うほどで、その様子を見ているからこそ、上司の笹沢《ささざわ》は青江に、暗に結婚式への出席を見合わせるよう言ってきたものと思われた。

挙式を間近に控えた今は、清瀬にとっては大切な時期である。万が一にも過ちが起き、それを万が一にも結婚相手に知られれば、縁談は流れるに決まっているし、そればかりか清瀬にとっては身の破滅となるに違いなかった。

勿論《もちろん》、自分もまた同じだろうが、もともと青江はゲイであることを隠していないのでそう傷つく気はしない。が、清瀬は傷ついた上で、自ら命を絶ちかねない。そういう彼の性格の弱さは青江が一番よく知っていた。

笑顔の下、縋《すが》り付くような思いがその瞳に表れている清瀬に青江は、

「ああ、疲れたよ」

と必要以上にふざけた口調になり、自分の席にどっかと腰を下ろした。

「警視庁との打ち合わせ？」

「ああ」

「まさかまた潜入捜査？」

「そう。その『まさか』だよ」

青江は書類から目を上げずに会話をしていたが、それはこのまま話し続ける気はないという意思表示だった。

「御幸《みゆき》」

いよいよ焦《じ》れたのか、清瀬が青江の名を呼ぶ。思い詰めた様子すら感じさせるその声音に、

青江はここは外そう、と書類をデスクの上に置き立ち上がった。

「しまった。まずは部長に報告しなければいけなかったんだった」

言い訳のようにそう言い、予想どおりかなり思い詰めた表情となっていた彼に笑顔を向けてから部屋を出る。

ドアを背に、やれやれ、と溜め息を漏らした青江は、逆に一度、清瀬と二人の時間を設けたほうがいいのかもしれないと思い始めていた。

別れを切り出したのが自分側だということで、清瀬は抱《いだ》かなくてもいい罪悪感から逃れられないのかもしれない。その必要はない、自分の想いはもう吹っ切れているから。本人にはっきりとそう言ってやったほうが彼のためになるのかも、と考えながら青江は、実際、行く必要のあった笹沢の部屋へと向かった。

「警察側の了解が取れました。今夜から潜入します」

青江の報告を聞き、笹沢は安堵《あんど》した顔になった。

「そうか。予備の捜査に手は割けないとごねられるかと思ったが」

「担当しているのが『警部』ですから。ある程度思うとおりに采配《さいはい》が振るえるんでしょう」

「なるほどな。まだ若いんじゃなかったか？　その警部」

笹沢が感心した声を出す。

「三十だそうです。同い年でした」

「随分打ち解けたようだな」

年齢の話をするまでとは、と揶揄めいた口調で話しかけてきた笹沢に対し、青江は、

「どうでしょうかね」

と苦笑してみせた。

「打ち解けている様子はまったくありません。が、捜査には協力的ではありますから、問題はないかと」

「そうか」

笹沢が頷いたあと、物言いたげな顔になる。

「何か？」

言いたいことがあるのか、と問い返した青江は、その内容を清瀬のことかと推察していた。が、その推察は外れることとなった。

「誰とでも上手くやるお前にしては珍しいと思ったんだ。やりにくそうにしてるじゃないか、その警部と」

「そんなことはないですよ。とはいえ、やりやすいかといえば……まあ、やりにくいですかね」

反射的に否定したあと青江はすぐに我に返った。笹沢は自分の意見を否定されるのを嫌がる。それで後付けのように同意してみせたのだが、普段の自分なら最初から迎合していたは

ずだった。

それが笹沢をして『誰とでも上手くやる』コツでもあるはずなのに、一体何をやっているんだか、と青江は密かに心の中で舌打ちすると、

「それで今夜ですが、私は……」

と具体的な行動内容についての話題を振り、自身の失言を流そうと試みたのだった。

笹沢への報告を終え席に戻ると、清瀬はその場にいなかった。昼食の時間が過ぎているので、一人で食べに行ったのかと察するも、珍しいな、と青江は綺麗に片付いた清瀬の席を見やった。

いつもであれば清瀬は共に昼食をとるため青江が戻るのを待っている。先に行ったのは多分、青江が自分を避けていることに気づいたからだろう。

もしくはメールの返事をしないことを怒っているか。そんなことを考えながらパソコンのメールを開いた青江は、件名が空白となっている清瀬からのメールを見つけ、後者だったか、と察したのだった。

メールには一行のみが書かれていた。

『返事くらいするべきでは？』

おっしゃるとおり、と青江はスマートフォンを取り出し、昨夜のメールに返信しようとしたあと、電話にするか、とかけ始めた。が、留守番電話サービスに繋《つな》がってしまったため、

仕方なくメールで返事をすることにした。

『悪かった。今の捜査が落ち着いたら、メシでも食おう』

返信した画面を見つめる青江の脳裏に、ふと、紅原の顔が浮かぶ。

忙しくて恋愛をする暇がないという彼だが、実際のところはどうなのだろう。モテて仕方ないだろうが、自己申告どおり、恋人はいないと判断していいものか。

いいや、『恋人はいない』ではなく『結婚はしていない』というだけだったか。だがあの様子では、やはり恋人はいないのではと思えて仕方がない。

「……だからどうって話だよな」

ふと我に返った青江の口からその言葉が漏れる。彼に恋人がいようがいまいが関係ないじゃないか、と自嘲《じちょう》する彼の脳裏には相変わらず、端整であることを自身でも意識しているに違いない紅原の作ったような笑みが浮かんでいた。

7

午後五時過ぎに青江はキャバクラ『ピンクゴールド』を訪れ、『話が通っている』店長、丸山と顔を合わせた。

「よろしくお願いします」

「あまり『よろしく』されたくはないですけどね」

渋々といった様子で頭を下げ返した丸山は青江に制服を手渡してくれたあと、

「それから」

と声を潜めた。

「捜査対象の中村要ですが、実はその……ゲイなんです」

「え？」

何を言いだす気かと青江が眉を顰《ひそ》めると、丸山は相変わらず言いにくそうにしながら言葉を続けた。

「しかも相当手が早い。ウチの黒服の回転率がやたらといいのは奴のせいなんです。まあ、女の子に手を出す危険がないのと、ボディガードがわりにもなるのでクビにはしていないんですが、あなたは中村の好みドストライクですから、失礼があるかもしれません」

「なるほど……そういうことですか」

わざわざそんな黒服をターゲットに指定したのは、麻薬取締官に対する丸山の意趣返しだったのではないか。そう思いながら青江は頷くと、

「大丈夫です。私も腕に覚えはありますから」

と微笑んでみせた。

「ならいいんですがね」

その笑顔を前に、丸山が顔を赤らめる。彼もゲイかバイなのかもしれないな、と考えながら青江は、

「それでは着替えてきます」

と頭を下げ、更衣室へと向かった。

黒服の制服はタキシードの上着なし、というもので、この店は高級感を売りにしていないためか、生地も安手で作りもいい加減なものだった。

六時すぎからポロポロとキャバ嬢たちが出勤し始め、

「今日からお世話になります」

と挨拶する青江に対し、その美貌《びぼう》にぼうっとしたり、こっそり携帯の番号を渡してきたりという、いつもどおりの反応をして寄越し、青江を内心苦笑させた。

ターゲットである中村が店に来たのは開店時間十分前の午後七時五十分だった。

「新顔？」

出勤早々、青江へと真っ直《ま》ぐ《す》に歩み寄り、ニッと笑いながら声をかけてくる。

「はい、よろしくお願いします」

『同類』であることを主張するような笑みを浮かべ、青江が頭を下げると、中村は察したらしく、ヒュウ、と口笛を吹いたあとに、パチリとウインクをして寄越した。

「気に入った。名前は？」

「祐介《ゆうすけ》です。赤羽《あかばね》祐介」

偽名を名乗った青江の肩を中村が叩く。

「祐介、よろしくな。俺は要。わからないことがあったらなんでも聞いてくれ。頼ってくれてかまわないぜ」

ワイルド。かつセクシー。狙っている路線はそこか、と、思いながら青江は、自身の肩をぎゅっと摑《つか》んできた中村の目を見つめ返し、

「頼らせてもらいます」

と甘えた声を出した。

「まかせせな」

中村もまた甘い声音でそう言い、更にぎゅっと青江の肩を摑んでくる。

これで近づきやすくなった。あとは押し倒されないよう注意するだけだ。中村に微笑み返しながら青江は、果たしてこの『餌』に敵は食いついてくるだろうかとそれを考えていた。

キャバクラ『ピンクゴールド』はなかなかの繁盛店で、黒服の青江も休む暇なく働かされた。

午前一時に閉店した後、十五分のミーティングを終えたときには、青江はかなり疲労を覚えていたのだが、そんな彼に中村が声をかけてきた。

「祐介、このあと、少し行かない？」

酒を飲むゼスチャーをする中村に、

「ありがとうございます」

と明るく礼を言ったものの、青江の本音としては、早く帰宅して眠りたい、というものだった。

「それじゃあ、俺の行きつけの店に連れてってやる。仕事のことも色々、教えるよ」

爽やかな笑みを浮かべてはいたが、これでもかというほどの下心が感じられる。初日から喰う気満々とは、ある意味潔いよなと心の中で苦笑しつつ青江は、

「宜《よろ》しくお願いします」

と初々《ういうい》しく微笑み返したのだった。

中村が青江を連れていったのは、『ピンクゴールド』にほど近いところにある小さなバーだった。

薄暗い、カウンターしかない店で、目つきの悪い、いかにも怪しげな風体《ふうてい》の若い男のバーテンが一人だけいる、そんな店である。

「いらっしゃい」

バーテンが無愛想な声をかけてくる。

「山《やま》ちゃん、俺のボトル、よろしく」

「はい」

バーテンの返事を待たず、中村は青江の背を促《うなが》し、カウンターへと座らせた。

「初日、疲れただろ？」

「はい」

「水商売、初めて？」

「……はい」

答えてから、しまった、初めてというのは不自然かと気づき、青江は内心首を竦めた。

疲れているせいか、正しく判断できる自信がない。今日は軽く飲むに留《とど》め、明日に備えよう。そんなことを考えていた青江の前に、水割りが差し出される。

よかった、薄めだ。色でそう判断をし、グラスを手に取る。

「乾杯」

「乾杯」

差し出されたグラスに己のグラスを合わせ、一口飲む。

「いくつ？」

「二十八です。先月までサラリーマンでした」

二つサバを読み、頭の中で自分のプロフィールをざっと組み立てる。

「もしかしてリストラにあったとか？」

「いえ、会社が倒産したんです。で、色々職を探したんですが、見つからなくて」

「ああ、それで水商売か。言っちゃなんだけど君、普通のサラリーマンには見えないよ。水商売のほうが向いてるんじゃない？」

「だといいんですけど」

中村の突っ込みはある意味正解だった。青江はサラリーマンではなく麻薬取締官である。水商売のほうが向いているという彼の言葉もある意味正解かもしれない。しかし黒服のような裏方ではなく、ホストのような表舞台のほうが向いていると思う。順位を争うところも性《しょう》に合っているし。

そんなことを考えながら青江は再びグラスに口をつけた。薄めの水割りは口当たりがよく、喉が渇いていたせいもあって数口飲んだのだが、ふと違和感を覚え、口を離しグラスを見やった。

「……っ」

ぐら、と視界が回り、そのまま背後に倒れ込みそうになる。

「おっと」

危ないよ、という声と共に中村の手が伸びてきて、スツールから転がり落ちそうになっていた青江は彼に腕を摑まれた。

「…………」

もしや。ガンガンと割れるように頭が痛い。顔を上げようにも目の前がぐらぐらとして少しも視点が定まらなかった。

やられた――この俺が薬を盛られるなんて、と青江は今、愕然としていた。油断したことが情けなかった。まさか一杯目から仕込んでくるとは思わなかった。手が早いと聞いていたというのに、なぜ防御できなかったのか。自己嫌悪に陥りながらも青江は、自分をスツールから下ろし、引き摺るようにして歩き始めた中村の腕を逃れようと、必死で藻掻《もが》いた。が、手にも足にも力が入らず、抵抗にすら至らない。

それでいて意識は比較的はっきりとしているのがまた、青江にとってはつらかった。自分の駄目さ加減を否応なしに自覚させられるためである。

青江は百八十センチ以上あったが、中村は青江よりも縦横共に大きかった。意識を奪ったということはおそらく、犯すことを目的としているのだろう。

男に――女にもだが、犯された経験は青江にはなかった。相手の意のままに身体《からだ》を開かされるなど、信じられない。自尊心をそうも傷つけられる体験がこの先待ち受けているのかと思うと心底ぞっとした。

嫌悪感から叫び出しそうになる。が、口も開かず声も出なかった。いっそ意識も失われていればいいのに、と考える自分をなんて情けない、と青江が心の中で叱咤《しった》している間に、中村は店のドアを開き路上に出た。

「車、近くに停《と》めときゃよかったな」

ぼそりと呟く声が耳許《みみもと》で聞こえる。飲酒運転だろうが、と注意したいが、やはり身体も声も意思のままに動かしたり発したりすることはできないままだった。

「意外といい身体してるんだね」

脇腹のあたりを抱えていた中村の手にぐっと力がこもる。嫌悪感から総毛立ちそうになったそのとき、青江の耳に聞き覚えのある男の声が響いた。

「あれ、祐介、どうした？」

「え？」

中村が戸惑った声を上げる。まさか、と思いながら青江は、相変わらずくらくらする頭を無理矢理上げ、声の主が誰かを確かめようとした。

「……あんたは？」

中村が青江を抱えたまま、訝《いぶか》しそうな声を上げる。

ああ、やっぱり彼か——見るに見かねて出てきてくれたというわけだろう。助かった、と思う反面、こんなみっともない姿を見られてしまったことへのやりきれなさが憤《いきどお》りとなり青江は再び顔を伏せた。

「祐介の『友人』です。一緒に住んでる」

彼が——決して『友人』などではなく、捜査の協力者である刑事の紅原が、やけに色っぽい声でそう告げている。

ただの『友人』ではないと察しろよ、という空気を作っているのは、この場を穏便にすませるためだと青江は察し、さすがだな、と感心すると同時にますますやりきれない思いに陥った。

「迎えに来たんだけど、酔い潰れちゃいました？　すみません、迷惑かけて」

「ああ、いや……なんだ、そういうことなの？」

中村の動揺が横から伝わってくる。

「それならそうと言ってよ。ああ、別に俺、何もしてないからね。酒飲んだら彼、急にぶっ倒れちゃったもんで、介抱してやろうと思っただけだからさ」

ほら、と中村が青江を紅原に押しつける。

「それじゃな、祐介。明日また店でな」

まさに『逃げ足が早い』を体現し、中村が駆け去っていく。

「大丈夫ですか？」

正面から抱き取られた上、顔を覗き込まれた青江は、大丈夫、というようにゆっくり頷いてみせた。

「喋《しゃべ》れない？　気分は？　吐きそうとか、ありますか？」

次々問いかけてくる紅原に青江は、気力で、大丈夫、ということを示すべく首を横に振った。

「肩、貸します。車まで頑張ってください」

紅原が淡々とした口調でそう言い、肩を貸したまま歩き出す。

『何をやってるんですか』

罵《ののし》られたほうがまだ身の置き所があった。自虐的と思いながらもそんなことを考えていた青江だったが、彼にとっては幸いなことにまだ喋れるような状態ではなかったため、あとから振り返れば羞恥に捕らわれるに違いないそんな泣き言を口にせずにすんだ。

運び込まれた車には、誰も乗っていなかった。後部シートで横になり、紅原が買ってきて

くれたミネラルウォーターを飲むうちに、ようやく薬の効果が薄れてきたようで、なんとか声を発することができるようになった。

「……申し訳ありません。お恥ずかしい限りです」

苦労して身体を起こし、運転席に座る紅原に声をかける。

「大丈夫ですか？」

紅原が振り返り、青江に問いかけてきたが、彼の顔にはこれといった表情はなかった。案じてみせればプライドを傷つける。笑えば馬鹿にしたと思われる。だからこその無表情かと察した青江の胸に、八つ当たりとしか思えない憤りが芽生えた。が、八つ当たりとわかっているだけに顔に出すことなく、

「本当に申し訳ありません」

と反省していることをこれでもかというほどに表現しつつ頭を下げた。

「家までお送りしましょう。確か赤坂でしたっけ」

青江の謝罪をさらりと流し、紅原が問いかけてくる。

「ありがとうございます」

一人で帰れる、と言おうとしたが、頭痛は酷かったし身体の自由も完璧に戻ったとは言えない状態だった。ふらふらしながらタクシーを捕まえるよりも、このまま送ってもらえるのならそのほうが助かる。

もう、プライドも何も捨ててやれ、と半ば捨て鉢になっている自分に対し、ますます憤りを覚えながらも青江は再度紅原に頭を下げると住所を告げ、後部シートの背もたれに身体を預けた。

「寝ていてください」

青江の住所をナビに手早くインプットすると、紅原は後部シートを振り返ってそう言い、エンジンをかけた。

静かに車が加速する。丁寧な運転をするのだなと感心していた青江を乗せた車は、深夜の都内を疾走し、あっという間に赤坂の彼のマンションに到着した。

「手、貸しますか？」

車を停めると紅原は青江を振り返りそう問うてきた。

「もう大丈夫です。一人で降りられます」

その頃には更に青江の体調は回復していた。頭痛も随分と治まっている。

「それはよかった」

紅原が唇の端を上げるようにして微笑み、前を向く。車を降りろということだろうと察した青江は、それなら、と身を乗り出し紅原に声をかけた。

「ご迷惑をかけたお詫びというわけじゃないですが、どうですか、寄っていかれませんか？」

「え？」

紅原が戸惑った声を上げ、青江を振り返る。

「お茶くらい淹《い》れますので」

「体調が悪いんでしょう？　無理なさらないほうがいいですよ」

だが紅原が戸惑ったのは一瞬だった。尚も誘うと彼は余裕を取り戻し、にっこりと微笑んで返してきた。

そうなると青江も妙に意地になり、

「私は大丈夫ですから」

と、強引に紅原を誘っていた。

断るのに青江の体調を理由にした紅原はこれで断ることができなくなり、不本意そうにしながらも、

「それではお言葉に甘えて」

と車を降りた。

彼を誘って何をしたかったわけではない。単に意地になっただけだと自覚するのに、そう時間はかからなかった。

「立派なマンションですね」

紅原が世辞ではない様子でそう告げる。

「古いですけどね」

築三十年は経《た》っている。水回りは随分とガタがきているので、毎年どこかしらを修理していた。

それでも一〇〇平米以上ある３ＬＤＫは『立派』と言われるに充分だろう。叔父のセンスで買った家具は一切処分し、シンプルイズベスト、を試みた。

モデルルームのようだ、と訪れた人の九割はそう評する。多忙ゆえ、あまり家に居る時間はない青江ではあるが、それだけに部屋は常に綺麗にしておきたいという心理が働いており、今日も来客を突然迎え入れることになったというのに室内は整然としていた。

「綺麗にしていらっしゃる」

すかさずそこを誉《ほ》める紅原に青江は、

「殆《ほとん》ど家にいる時間がないだけです」

と謙遜《けんそん》してみせたあと、

「何を飲まれます？　コーヒー？　紅茶？　冷たいものでも温かいものでも用意できますよ」

と問いかけた。

「それでは遠慮なく。ミネラルウォーターをいただけますか？」

紅原が『遠慮なく』そう告げたのは、逆に自分に気を遣ってのことだと、青江にはよくわかった。

「ガス入り？　ガスなしですか？」

もう今夜は完敗だ。自棄《やけ》になりつつ問いかけると紅原は考える素振《そぶ》りもみせず、

「ガス入りで」

と答え、微笑んだ。

「ペリエでいいですかね」

「ええ」

そんな会話のあと、青江は紅原をソファに座らせ、グラスにペリエを注いで彼に手渡した。自分はガスなしのミネラルウォーターをペットボトルのまま手に取り、キャップを開けてほぼ一気に近い感じでごくごくと飲む。

「災難でしたね」

紅原の声がしたと同時に、青江は動きを止めた。

「いや、本当に恥ずかしいです。すっかり油断しました……ところで、山東会には何か動きがありましたか?」

充分反省しているところを見せたあとに、知りたかったことへと話題を向ける。そんな青江の前で紅原は珍しく、苦笑めいた笑みを浮かべたのだがすぐさまそれを引っ込め、真面目《まじめ》な口調で答え始めた。

「組事務所を監視していた部下の報告によると、特に目立った動きはないとのことでした。店の出入り口はずっと私が見張っていましたが、山東会と思《おぼ》しき人間の出入りはありません

でした」

「そうですか……となると空振りですかね、この捜査は」

青江の口から思わず溜め息が漏れる。

「まだ結論を下すのは早い気もします。初日ですし……」

紅原が尚も真面目な口調で続ける。

「とはいえターゲットには近寄りづらくはなりましたかね」

「まあ、ねえ」

薬を盛られた相手に自分から近づいていくとなれば、次に迫られたときには承諾せざるを得なくなる。確かにキツいな、と青江は苦笑したものの、

「しかし仕事ですからね。なんとかフォローしてみましょう」

「…………」

敢えて明るい口調でそう告げた。そんな青江を、紅原がまじまじと見やる。

「え？」

何か変なことを言ったかと青江が眉を顰めると紅原は、

「ああ、失礼」

と少しバツの悪そうな顔になり目を逸《そ》らせた。

「なんです？」

「なんでもありません」

問いかけたことに答えようとしない紅原を見て青江は、彼が言いかけた内容を推察することができた。

「ゲイだから男に迫られても気にならないんだろう……とでも思われたんでしょうが、さすがに気にしますよ」

「……別にそんなことは考えてもいませんが」

紅原がむっとした様子で言い返してくる。が、それが『性的指向で差別はしない』という彼の建前から出た言葉だということは、確認するまでもなくその表情から青江にも見てとれた。

酷い誤解だ——普段であれば、ありがちな誤解だと笑って流していたはずなのに、醜態を晒《さら》したことに対する羞恥のせいか、はたまた他に理由があるのか、むっとした青江は思わず必要以上に攻撃的な言動を取ってしまったのだった。

「ゲイだからって別に、貞操観念が薄いわけじゃないんですよ。それに俺はタチ専門なんです。仕事だからとはいえ、ケツ差し出す気はありませんから」

「ですから、そうしたことは考えていないと言ったでしょう」

紅原が反撃に出、青江を睨む。

「被害妄想が過ぎますよ。何度も言うようですが私はそのようなことは考えていません」

きっぱりと言い切った紅原が青江を尚も睨み、青江もまた紅原を睨み返す。十秒、二十秒と睨み合ったが、お互いに、ふと、何を意地になっているんだかという反省が生まれたようで、ほぼ同時に目を背けた。

居心地の悪い空気の中、何か言わねばと思ったらしい紅原が、青江に問いかけてきた。

「『タチ専門』というのは、男役専門という意味ですよね」

「え？　ああ、はい。そうです」

「通常、男役、女役というのは固定なのですか？」

話題がなかったからだろうが、そこを突っ込んでくるか、と青江は笑いそうになりながら、おそらくはそう興味を抱いているわけでもないと思しき紅原の問いに答え始めた。

「人による、としか答えようがありませんね。俺はタチ専門ですが、両方いける人もいる」

「相手によって替える、ということですか？」

「いや。固定されたカップルで、挿《い》れたり挿れられたり、というパターンも結構ありますよ」

「それは……」

紅原が何かを言いかけ、口を閉ざす。

「『節操がない』？」

彼が言いかけたのはこれだろう。青江は先回りしてそう告げたあと、

「でも相手は一緒のわけですから。節操はあります」

と、頷いてみせた。

「……バリエーション、ということですか？」

紅原なりに理解を示そうとしたのか、考え考えそう告げたのを聞き、青江の胸に悪戯心《いたずらごころ》が芽生えた。

「さあ、どうでしょう。俺は『両方』いけるほうではないので、彼らの心理を説明することはできません」

歩み寄ろうとしてくれている相手の鼻先で、ぴしゃりと戸を閉めてしまう。我ながら性格が悪い、と苦笑すると青江は、鼻白んだ表情となっていた紅原に対し、敢えての軽口を心がけつつ言葉を続けた。

「何せバックバージンですから。貞操は大切に守らないと」

「…………なるほど」

紅原は相槌《あいづち》を打ったが、彼が呆《あき》れていることはその表情から見てとれた。

「それじゃあ私はこれで」

いつの間にか紅原はミネラルウォーターを飲み干していた。あきらかに笑みを作っている様子なのは、己に対する嫌悪感を隠すことをやめたためだろう。その価値もないと思う気持ちもわかる。捜査対象に逆に薬を盛られ、犯されそうになる麻薬取締官など、若くして昇進試験に次々受かってきた、いわばノンキャリの星ともいえる紅原にとっては軽蔑《けいべつ》の対象でしかないに違いない。

事実だろうが自虐的になることもないか。そう思うのにとめられないのは多分、自覚している以上に落ち込んでいるということかもしれない。

今までにない失態だ。こんな失敗はしたことがない。今にもそれを紅原に伝えそうになっているが、それこそみっともないことこの上ない、となんとか青江は思いとどまった。

「本当にありがとうございました。貞操を守ってくれて」

更に軽蔑されそうな言葉を敢えて選ぶのもまた、自虐からだった。いい加減にしておこう。苦笑しそうになっていた青江に対し、紅原が何かを言いかけ、口を閉ざした。

「なに？」

どうせ、冷ややかな言葉だろう。こうなったらとことん自虐的になってやる。自暴自棄であることをしっかり自覚しつつ、笑顔で問い返した青江だったが、続く紅原の言葉を聞き、思わずその場で固まってしまった。

「……いえ……あなたは失敗をし慣れていないようですが、誰しもミスはするものです。そう落ち込まれる必要はないと思いますよ」

「…………」

思いもかけない言葉に絶句しているうちに紅原は会釈をし、そのまま玄関へと向かっていった。

リビングのドアが閉まった音でようやく我に返ると、青江は慌てて紅原を見送るべく、彼のあとを追った。

「あの」

今しもドアを出ようとしていた紅原の背に声をかける。

「おやすみなさい」

振り返った紅原の顔には笑みがあった。その笑みが作ったようではないことになぜか安堵を覚える自身に戸惑いながらも青江もまた、

「おやすみなさい」

と告げたあとに、心を込めた一言を添えた。

「ありがとうございます。なんというか……救われました」

「オーバーですよ」

紅原が苦笑を残し、ドアを出ていく。

「…………」

ヤバい。彼の消えたドアを見つめる青江の頭に、その一言が浮かぶ。

何が『ヤバい』のか、当然わかってはいたものの、青江はその答えに自身が到達しないよう、気力で思考を打ち切ったのだった。

とはいえ、いつまでも自分を誤魔化し続ける自信はなかった。明日から意思の力が試され

ることになるな、と溜め息を漏らした青江の覚悟は、だが、幸いなことに——というのは抵抗があるものの——無駄になった。

翌日、中村要の死体が彼の自宅で発見されたのである。

8

「一体どういうことなんです？」

中村殺害を青江が知ったのは、翌朝、出勤前にかかってきた笹沢からの電話でだった。

『それはこっちが聞きたいよ。すぐ、警視庁に向かってくれ。状況がわかり次第、連絡するように』

「わかりました……」

呆然《ぼうぜん》としつつも青江はなんとか返事をし、電話を切った。

なにがどうなっているのか――理解がまるで追いつかない。中村が殺された？　なぜ？

潜入捜査の対象となったからか？　それとも何か、他に理由があるのか？

他に理由――なんだ、それは。

混乱するままに青江はスマートフォンを操作し、彼の――紅原の番号を呼び出していた。

『はい』

ワンコールで応対に出た紅原の声にも緊張が表れていた。

「青江です。中村が殺されたというのは本当ですか」

嘘のわけがない。が、何かの間違いであってほしい。そう願いながら問いかけた青江だったが、返ってきた紅原の答えは、彼の微《かす》かな希望を打ち砕くものだった。

『残念ながら本当です。我々も混乱しています。こちらにいらっしゃれますか？』

「すぐ向かいます」

そう答え電話を切った青江の口から、大きな溜め息が漏れる。

自分も紅原同様、この上なく混乱しているのがわかる。思考が少しもまとまらない。これは関連ある四人目なのか、それとも四度の偶然が重なったのか。

「あり得ないだろう」

三回の偶然もあり得ないというのに、四度など更にあり得ない――と思う。しかし偶然ではないとなると、どういうことになるのか。

中村は完全なるフェイクで、山東会との関わりはない。自分が潜入捜査に入ったときにも、山東会の動きはないということだった。となると誰が中村を殺したのだろう。

誰が。そして何故《なぜ》。どうやって。

頭の中が疑問符だらけになる。だがまずは警視庁に向かうことだ、と青江は強《し》いて思考を打ち切ると、仕度を終えるべく動き始めたのだった。

「驚きました。正直。何がどうなっているのか」

青江が紅原と警視庁内で顔を合わせた次の瞬間、紅原が青江同様混乱しきった顔でそう言い、溜め息を漏らした。

「概要を教えてもらえますか？」

青江が促すと紅原は既に手元に用意していたタブレットを操作し、現場写真を見せてくれた。

「……っ」

青江が思わず息を呑《の》む。それほどに中村は陰惨な殺され方をしていた。

全身、血まみれである。顔にも幾筋もナイフの傷が残されていた。

「五十四箇所、刺されています」

「どうしてそんな……」

思わず問いかけた青江に紅原は「わかりません」と首を横に振ったあと、淡々とした口調で説明を続けた。

「遺体を発見したのは知人の男性です。マンションを訪れインターホンを押したが応対がないのでドアノブを回してみたら鍵がかかっていなかった。ドアを開いて玄関先で倒れている被害者を発見し、通報に至ったということでした」

「その知人というのはセフレか何かですか？」

頭がくらくらするのを堪え、青江は中村のプロフィールや人間関係を思い起こしていた。

「自称、恋人です。酷く取り乱してはいますが、嘘をついている様子はありません。中村を殺す動機もなさそうです」

「……そう……ですか」

となると犯人は誰なのか。動機は？　潜入捜査とのかかわりはあるのか。

あるとすればどういう関連が。この潜入捜査は極秘裡《ごくひり》に行われていたものだった。麻薬取締部で知っているのは上司の笹沢くらいである。警察で誰が知っているのか。それを紅原に聞かねば。青江の考えがわかったのか、問うより前に状況を教えてくれた。

「警察内でも詳細を知っているのは私と上司のみです。部下には山東会を見張れとしか命じていません」

「……となると、やはり偶然……ということでしょうか」

あり得ない。だが互いの上司が情報漏洩《ろうえい》にかかわっているとは考えがたい。首を傾《かし》げた青江に対し、紅原もまた難しい顔で首を横に振ってみせた。

「考えられませんよ。四度の偶然が重なるとは」

「しかし情報の漏れどころがない」

そう告げた青江の顔を紅原が見やったあと、一瞬何か言いかけ、すぐ、やめたというように口を閉ざす。

「なんです？」

問い返してから青江は、もしや、と気づいた。

「警察は私を疑っているんですか？」

疑われるのは警察内部の人間より外部だろう。客観的に考えても、一番怪しいのは自分だ。何せ自分の周囲で四人もの人間が亡くなっているのだから。

とはいえ、自分が犯人ではないことは、自分が一番よくわかっている。心の中でそう呟いた青江に紅原がにっこりと微笑んで寄越した。

「ご安心ください。中村の死亡推定時刻は午前二時から三時の間です。その時間のあなたのアリバイは証明されていますから」

「……ああ、なるほど。実に堅固なアリバイがあるというわけですね」

その時間、青江は紅原と共にいた。警察にとっては最も信頼できる人間の証言が得られているというわけだ、と、つい揶揄めいた言葉を口にしてしまった青江に紅原は、

「私のアリバイも証明された、ということです」

微笑んだまま そう告げると「現場、直《じか》にその目でご覧になりますか？」と問うてきた。

「よろしいんですか？」

疑われているのではなかったのか。目を見開いた青江に紅原は、

「勿論」

と微笑むと、

「早速行きましょう」

と立ち上がった。青江もまた立ち上がり、彼のあとに続いて部屋を出ると地下の駐車場へと向かったのだった。


紅原が運転する覆面パトカーで到着した事件現場は、汐留《しおどめ》にある高層マンションだった。

「セキュリティはかなりしっかりしています。防犯カメラの映像を今、解析中です」

行きましょう、と紅原は青江の先に立ち、三十五階の中村の部屋を目指した。

黄色の『立ち入り禁止』のテープが張ってある部屋の前には、見張りの警官が一人立っており、紅原を見るとはっとした表情となりつつ敬礼して寄越した。

「ご苦労」

紅原が微笑み頷くと、警官は緊張した面持《おもも》ちで、

「どうぞ」

とテープを外し、ドアを開いてくれた。

「これは……」

足を踏み入れるより前に、紅原の身体越しに室内の光景が目に飛び込んできた結果、青江は絶句してしまった。

壁にもカーペットにも赤黒い血の染みができている。先ほど見せてもらった遺体の写真も惨《むご》たらしいものだったが、現場の様子も凄惨《せいさん》だ、と思わずごくりと唾《つば》を飲み込んでしまっていた青江を紅原が振り返った。

「大丈夫ですか」

「あ、はい」

麻薬取締官は流血には不慣れと思われたのだろう。確かに慣れてはいないが、案じてもらうほどではない。麻薬中毒患者の禁断症状は、違う意味でかなり凄惨ではあるし、と言い返すのも大人げないかと心の中で呟きながらも青江は紅原に対し、自分が平気であることをアピールするべく質問を始めた。

「この様子だと犯人も相当返り血を浴びたんじゃないですかね。だとすると夜中とはいえ相当目立ったのでは？」

「それがこの犯人、中村を殺害後、この部屋でシャワーを浴びているんです。血を洗い流したあと、中村の服を着て出ていった可能性が高い」

「余裕だな」

悪態めいた呟きが青江の口から漏れる。自身の声で我に返り、

「ああ、失礼」

と詫《わ》びた青江の声と、紅原のやや憮然《ぶぜん》とした声が重なって響いた。

「もう四人、殺してますしね」

「え？」

問い返した青江に対し、紅原は一瞬、はっとしたような顔になったもののすぐにバツの悪そうな表情となり言葉を続けた。

「四度目の偶然なんてあり得ません。上がなんと言おうが同一犯の仕業《しわざ》でしょう」

「しかし、前の三件の殺人には山東会の覚醒剤取引が絡《から》んでましたが、この中村殺害に関しては絡んでいません。完全なフェイクだったんですから」

情報の漏れどころも、そして犯人の目的もわからない。そう続けようとした青江を見つめ、紅原が口を開く。

「犯人のターゲットがあなたの捜査対象者と考えるのはどうでしょう。あなたを尾行するなりしてターゲットを特定し、殺害する——それなら説明がつくような気がする」

「説明はつくって……犯行の目的は？」

麻薬取締官の捜査対象を殺す、その理由はなんなのか。口封じ？　それとも麻薬取締官になど任せてはいられないと、自ら麻薬撲滅を狙っている人間、とか？

いくらなんでもそれはないか。自分の考えた内容のあり得なさに自嘲しかけた青江の頭に、ふとある考えが浮かぶ。

「……俺を陥《おとしい》れようとしている……？」

本当の意味で狙われていたのは自分だということか――？

そんな馬鹿な。心当たりなどまるでないが、と愕然としていた青江を見つめたまま、紅原が静かな声音で喋り出す。

「過去に摘発した麻薬取引の関係者を洗う必要があると思われます。それ以外にもあなたに対して恨みを抱いていると思われる人間をピックアップするべきかと」

「ちょ、ちょっと待ってくれ」

堪《たま》らず紅原の言葉を遮った青江ではあったが、彼の言葉は決して言いがかりでも難癖でもないと理解する程度の理性は保っていた。

それがわかったからか紅原は小さく頷いたあと、制止にかまわず話し始めた。

「推察でしかないが、職場でもあなたはかなり目立った存在なんじゃないですか？　やっかまれての結果、という可能性もゼロではない」

「いや、さすがにそれはない。やっかみで四人も殺すなど……」

あり得ない。今回はきっぱりと否定できたことで青江は落ち着きを取り戻した。

「目立っているかどうかというのはさておき、麻薬取締部の人間だって命の重さを知っていますよ」

「不快に思われたら申し訳ない。別にあなたの同僚を貶《おとし》めようとしたわけではありません。可能性の問題です」

紅原が淡々と言うのに、

「勿論わかっていますが」

と青江は返したものの、

「可能性としてはかなり低い……というかやはりあり得ませんよ」

と言い切った。紅原の言うように、別に不快に思ったわけではなく、単に『あり得ない』と思ったからなのだが、続いてかけられた紅原の問いには、大人げないと思いながらも少々むっとしてしまった。

「これも可能性の一つですが、職場外で……プライベートな付き合いのあった人で、恨みを買った、というようなこともあるのではと」

「……それはつまり、恨まれるような別れ方をしたパートナーはいるか？　と聞いてるんだよな？」

「…………」

むっとしたのがわかったのか、紅原の返答が一瞬遅れる。それが青江の苛立ちを煽《あお》り、言わなくてもいいようなことまで口にしてしまった。

「ゲイの別れはそんな修羅場《しゅらば》になるんだろうって？　なりませんよ。男女間と一緒です。冗談じゃない」

「別にゲイだから、と思ったわけじゃない。被害妄想がすぎるんじゃないか？」

今度は紅原がむっとしたようで、きつい目で睨みながら言い返してきた。

「恋人が男だろうが女だろうが同じ問いはした。誤解しないでもらいたい」

「悪かった……確かに被害妄想だ」

初めて怒りを露《あら》わにした紅原を前に、青江はすぐさま反省し、頭を下げた。

「こちらこそ……大人げなかった」

紅原もまた、怒声を張り上げたのを恥じたらしく、目を伏せ小さく詫びてくる。

可愛いじゃないか——今までにない表情を見せる紅原を前に、青江はつい、微笑みそうになり、慌てて口元を引き締めた。

本人に『可愛い』などと言えばあきらかにむっとすることは間違いない。が、普段、これでもかというほどクールを装い、格好をつけている彼の、いわば『素』は実に可愛かった。

ヤバい。

またもその思いが青江の胸に芽生える。

何がヤバいのか。今度こそはっきり彼は自覚してしまった。

惚《ほ》れそうだ。

しかし惚れたところでものにできる可能性は低いに違いない。『低い』どころか皆無かも。

それでもまあ、惚れるんだろうが。

今はそんな浮ついた思いに囚《とら》われている場合じゃないだろうに、と青江が己を叱咤したそのとき、紅原の携帯が鳴った。

「失礼」

あっという間に『いつもの』顔を取り戻した彼が応対に出る。

「はい……はい……わかった。すぐ戻る」

通話相手との短いやりとりのあと、紅原は電話を切り青江を真っ直ぐに見つめてきた。

「本部からです。防犯カメラの映像から、ようやく怪しげな人物の特定に至ったと」

「それはよかった」

「ここを一通り見たら戻りましょう。あなたにも画像を見てもらいたい」

「わかりました」

青江は頷き、紅原の目を見つめ返した。

「なんです？」

紅原が居心地悪そうにしつつ、目を逸らせる。

「いえ、なんでも」

防犯カメラの映像を見せたいというのは、青江の周辺の人物ではないか確認してほしいという紅原の意図を示している。いくら可能性とはいえ、同僚やらプライベートの付き合いがあった人間やらが怪しいと言われ、むっとしないはずはないのに、今、不思議なくらい青江の中に苛立ちは芽生えてこなかった。

これも恋の力か。と思いながら青江は、ふざけている場合じゃないぞとまたも自分を律し、室内をぐるりと歩き始めた。

家賃は高そうだったが、家具にはそう金をかけていないようである。部屋の感じとそぐわないところを見ると、最近引っ越してでもきたのだろうか、と血の染みのついた安手のラグを青江は見下ろした。

黒服の給料がそういいとは思えないから、何か別に収入源がありそうだ。本当に覚醒剤売買にでもかかわっていたのかもしれない。そんなことを考えながら青江は、犯人がシャワーを浴びたとされるバスルームへと向かった。

「鑑識によると綺麗に掃除され、毛髪一本落ちていないそうです」

青江のあとに続いていた紅原が背後から声をかけてくる。

「プロって可能性はないんですか？」

そこまで人殺しに慣れているのだとしたら、暴力団が抱えている『殺し屋』にやらせたのでは、と振り返った青江に対し、紅原は首を横に振った。

「どうでしょう。違う、とは言い切れませんが、プロの犯行だとしたらまず、あそこまで流血させないと思いますよ。命を奪うだけであれば、滅多刺しにする意味がない」

「ああ、そうか」

まさにそのとおり。少し考えればわかりそうなものなのに、自分としたことがと軽い自己嫌悪に陥りながらも青江はバスルーム内を見やったのだが、なんとなくざわつくものを感じて思わず眉を顰めた。

「どうしました?」

いつの間にか横に並んでいた紅原が問うてくる。

「いや……」

なんだろう。これ、とはっきり言えない嫌な感じがじわじわと込み上げてくる。

「次、行きますか?」

ほぼ空っぽといっていいバスルームの中で数十秒間、ただ佇《たたず》んでいたからだろう。紅原が焦《じ》れた口調でそう声をかけてきた。

「あ、はい。すみません」

そのあと手洗いと、そして寝室を回ったが、寝室は乱雑だったものの、ドアノブ等の指紋が拭《ぬぐ》われた様子もなく、犯人が立ち入った形跡はないとのことだったので、ざっと見るに留《とど》めた。

「それでは行きましょう」

警視庁に戻り、防犯カメラに残されていた犯人と思しき人物の映像を見るために、と紅原に促され彼と共に現場をあとにしたものの、青江の中には説明のできないもやもやとした気持ちが残っていた。

「どうしたんです？」

往路では車中、普通に会話が続いていたというのに、青江が黙り込んでいたためか、紅原が訝しげに問うてきた。

「いや、なんでもないんです」

気になりはする。だが『何が』気になるのかがわからない。これでは説明のしようがない、と首を横に振った青江を、運転中の紅原はちらと見たが、何か言いたそうにしつつも結局は何も言わずに彼もまた口を閉ざし、警視庁に到着するまで二人は一言も喋らなかった。

「お疲れ様です」

紅原はすぐに青江を鑑識課へと連れていった。監視カメラの画像をより人物がくっきり見えるよう加工してくれているという。

「汐留という場所がらか、深夜三時でも結構人の出入りは多いんです」

対応してくれた鑑識係は、まだ若い男だった。なんとなく『同類』の匂いがする、と青江は青い制服が色白の肌に映える、顔立ちの整ったその鑑識係を見やった。鑑識係もまた同じことを感じたらしく、にやり、としかいいようのない笑みを一瞬浮かべてみせたあとは、すぐに真面目な表情に戻り、機械を操作し始めた。

「まずは午前二時。これ、被害者の中村さんです。わかります?」

映像を一旦止め、中村の顔を拡大する。と同時に画像が鮮明となり、青江にとっては見覚えがありすぎるほどにある中村の顔がくっきりと見えるようになった。

服装も昨日別れたときのままである。

「ここまで鮮明になるんですね」

技術の進歩はすごい、と感心した青江に鑑識係は秋波といっていいような眼差《まなざ》しを送ったものの、すぐにまた操作に戻った。

「その後、中村さんの死亡推定時刻に出入りした人間は三十六名。マンションの住民ではない人物が十二名。身元の確認が取れないのは六名です」

「確かに多い」

深夜三時にそれだけの人の出入りがあるとは、と驚く青江に、

「五百戸以上ありますからね」

と鑑識係は肩を竦めた。

「防犯カメラは各階にはついていないんですか?」

「エレベーターの扉付近にはついています。が、非常階段にはついていません」

青江の問いに答えたのは鑑識係ではなく紅原だった。

「となると、上下の階でエレベーターを降り、非常階段を使った、という可能性が高い？」

「ええ。中村さんと同じ階で降りたのは住民の女性一人のみですので。彼女が犯人というのなら別でしょうけど」

「井上《いのうえ》さん、不謹慎な軽口は謹んでください」

鑑識係は井上というらしい。紅原に注意されると首を竦め、青江と目を合わせながら、ちろ、と赤い舌を出してみせたが、その顔はどう見ても誘っていた。

顔も好みだし、メールアドレスの交換でもしたいところだが、今はそれどころではない。

「それじゃ、六人を順番に映していきます。まずは彼女。午前二時十二分。十七階でエレベーターを降りました」

井上が画面を操作し、髪の長い女性の顔をアップにする。

「デリヘルでしょう。おそらく。二人目、三人目もその可能性が高いですね」

「なるほどね」

『デリヘルを呼んだ』と自ら手を上げることを躊躇《ためら》うのが人情というものだろう。しかし犯人であるという可能性はゼロではないから、と青江は井上に確認を取った。

「彼女たちが出ていく映像も残ってます？」

「ええ」

「服装は？　変わっていたりしませんか？」

「服装?」

井上にとって思いもかけない問いだったらしく、目を見開いたものの、すぐに、

「一人、顔の確認がしづらい女性はいましたが、服装については気にならなかったな……」

と呟くように言い、視線を画面へと向けた。

「これが二人目、そして三人目。それぞれ、二十五階、三十二階で降りてます。帰るときの映像がこれです」

一人目、二人目、三人目、と、それぞれの階でエレベーターに乗り込む女性たちを井上は見せてくれたが、井上の言うとおり、三人目が髪型とカメラの角度から顔が不明瞭《ふめいりょう》になっていたものの、三人とも服装は入ってきたときと一緒だった。

「四人目は男です。彼もデリヘルかもしれませんね」

井上が画面に映る男の顔をアップにする。が、サングラスをかけた上にマスクをしており、顔立ちはまったくわからなかった。

彼こそが怪しいのでは、と井上を見ると、井上は苦笑し首を横に振った。

「確かに怪しくはあるんだけど、彼、五階で降りたあと、二分でエレベーターに戻ってるんだ。『チェンジ』と言われたんじゃないかな」

気の毒に、と井上が苦笑してみせる。画面の中の男は背が低く小太りで、体型からいっても中村の服を着て帰った場合、すぐ目に付くのではと思われた。

「五人目。これはなぜ、身元が不明なのかわからないな」

言いながら井上が顔をアップにする。

「……確かに」

映っていたのは、九十歳になろうかという老人だった。杖《つえ》で身体を支えながら四階で降りていくが、どう見ても若い男の変装などではなく、正真正銘の『おじいさん』で、身元が不明なのは単に確認漏れとしか青江には思えなかった。

「ラスト。死亡推定時刻ギリギリに映っていた男です」

エレベーターに乗り込む男の姿が映し出される。

「…………」

ざわ。

その男もまた、大きなマスクをかけていた。エレベーターに乗り込んだあと、監視カメラの存在に気づいたらしく、さりげなくカメラに対し背を向けている。その姿を見た瞬間、青江はこの上なく動揺し、声を失っていた。

心が酷くざわついている。被害者、中村のバスルームで感じた心のざわつきが何に根ざすものだったか、今こそ青江はしっかり自覚してしまった。

「五人目と六人目は、マンションを出た映像が残ってないんです。とはいえ朝、人の出入りが激しくなってから、人波に紛れて出てしまっているのかもしれませんが、少なくともマン

ションを訪れてから数時間で外に出た、という確証は得られていません」

井上の説明はもう、青江の耳に少しも入っていなかった。

「……江さん？」

紅原に呼びかけられたことにも気づかずにいた青江は、彼に肩を揺すられ、ようやく我に返った。

「どうしたんです？　真っ青ですよ」

紅原が眉を顰め、問いかけてくる。

「…………」

すみません、なんでもありません――そう答えることができればどれだけよかったか。

ああ、と天を仰ぎたくなる気分を堪え、青江は紅原を真っ直ぐに見返すと、告げねばならない、だが告げるのに酷く躊躇う内容を伝えるべく口を開いた。

「……この人物に……心当たりがあります」

「なんだって!?」

紅原が仰天し、大きな声を上げる。鑑識の井上もまた、驚いたように息を呑むと、好奇心溢《あふ》れる視線を向けてきた。

「別室で話を聞きましょう」

そんな井上をちらと見やったあと、紅原が青江の腕を引き、ドアへと導こうとする。

「…………わかりました」

答える自身の声が酷く掠れている自覚を持ちつつも青江は、画像に映る人物についての自分の認識が誤りであってほしいと、天に祈らずにはいられないでいた。

9

「心当たりがあるって、青江さん、本当ですか？」

会議室に入った途端、紅原が身を乗り出し問いかけてきたのに、青江はやりきれない気持ちを抱きつつも、隠しおおせるものではない、と頷いた。

「……はい」

「誰です？　あなたに恨みを抱く人間ですか？」

紅原の問いに対する答えに、青江は一瞬、詰まった。

「恨み……は……」

抱いていないはずである。状況を考えるに、自分のほうが恨みを抱いていてもいい立場であるのだから。

勿論、恨みなど抱いてはいないが――頭の中で綺麗なその顔を思い浮かべていた青江の口から、思わず深い溜め息が漏れる。

「大丈夫ですか」

満足に答えられない状態であることを案じてくれたらしい紅原が、敢えて淡々とした口調で問いかけてくる。心配しているように見せないところが彼なりの配慮なのだろう。ますます惚れる。そんな余計なことを考える余裕などあるはずがないのに思考がそちらにいってしまうのは、本来考えねばならないことからの逃避に違いなかった。

信じられない。事実なのだろうか。勘違いという可能性はないか。勘違いであってほしい。だが青江自身、偶然といえるのは二回まで、と確信していた。

「すみません、取り乱しました」

認めねばなるまい。そして明かさねばなるまい。その相手は果たして警視庁の紅原でいいのか。まずは上司に報告すべきでは。だが、紅原を誤魔化すことなどできようはずもない。

それ以前の問題として、彼に隠しごとはしたくないという己の欲求に、青江は従うことにした。

「心当たりがあるのですか？」

同じ問いを繰り返す紅原に、青江はきっぱりと頷いてみせた。

「はい。おそらく、間違いないかと」

「しかし防犯カメラに映っていた人物は、顔をマスクで、目元は深くかぶったキャップで隠していました」

『間違いない』と言い切ったことに違和感を覚えたのか、紅原が眉間に縦皺を刻みつつ問うてくる。

「……バスルームです」

佇《たたず》まいが似ていると思った。がそれだけでは人違いの可能性もあった。

「バスルーム？」

唐突に何を言い出したのか、と紅原が問いかけた直後、

「あ」

と思いついた声を出した。自分が現場のバスルームで立ち尽くしていたことを思い出したのだろう。青江はそう察すると、あのときにはわからなかった、バスルームでなぜああも胸がざわついたのか、その理由を紅原に説明し始めた。

「シャワーの位置です。彼はいつも、シャワーヘッドを極端に右に向ける」

「……え？」

青江が何を言っているのか、紅原は理解できないようだった。

「どういうことです？」

「通常、シャワーを浴び終えたあと、シャワーヘッドはそのまま真っ直ぐ戻す人間が多いでしょう？　だが彼は真右に向ける癖があった。学生時代に初めて一人暮らしをしたアパートがユニットバスで、左側にトイレがあったから。未だにその癖は残っていて、必要はないのに右に向けています」

「ちょっと待ってください。その『彼』というのはあなたとその……」

紅原が問いを挟んできたものの、表現を迷ったのか言いよどむ。最早躊躇いはない、と青江はそんな紅原に対し、頷き口を開いた。

「はい、もと、恋人です」

「そうですか……」

紅原が溜め息を堪えたような声で相槌を打つ。予想通りと思ったのか、はたまた自分に同情しているのか。そのどちらともとれないなと思いながら青江は、きっと紅原には衝撃を与えるに違いない言葉を続けたのだった。

「そして同僚でもある」

「なんですって!?」

青江の予想を裏切らず、紅原はらしくない大声を上げたかと思うと、青江の上腕を摑み、揺さぶりながら問いかけてきた。

「本当ですか？　冗談ではすまされませんよ、今の発言は」

「冗談ならよかったと思いますよ。マジで」

冗談や、勘違いならどれほどよかったか。堪えようにも堪えきれない溜め息を漏らした青江を前に、紅原はうっと息を呑んだあと、まだ摑んだままになっていた腕を離した。

「……確証はあるんですか？」

落ち着こうとしているのがありありとわかる表情で、紅原が青江に問いかける。

「画像の人物の背格好や顔の輪郭《りんかく》は彼に酷似しています。それにシャワーヘッドの位置。偶然は二つまでなら重なる可能性はある。が、『彼』は、上司と俺しか知らない今回のダミーの捜査の対象を知る機会があった」

「それが……三つ目」

「はい」

頷いた青江は、自身の失態を改めて紅原に詫びた。

「『彼』とは文字通り机を並べていたし、業務内容も今までは同じだった。私の手元にある捜査資料を見ようと思えば彼は見ることができる状況にあったたし、中村に関する資料もまた同じです。自分のデスクの上に伏せた状態で置いたまま、席を外しました。おそらくそのときに見たものと思われます」

「その人物の名前は？」

紅原は青江の失態を責めることなく、淡々とその名を問う。

「…………」

一瞬――ほんの一瞬だけ、青江は答えを躊躇《ちゅうちょ》した。彼の脳裏に、今まさに犯人として告発しようとしているその男の顔が浮かぶ。

綺麗なその顔が好きだった。顔だけではなく、内気なその性格も可愛らしいと思っていた。臆病なようでいて実はプライドが誰より高いところも好ましかった。別れを告げられたときには、ショックを覚えた。

彼の前に開けている輝かしい未来については、心から祝福してはいたが、やはり寂しさは覚えていた。ゲイではないのに抱いてしまったことへの罪悪感もあった。

しかし――どれだけ思い入れがあろうと、そしてどれだけ共に積み重ねてきた思い出があろうと、四人もの人間を手にかけてきたことが事実であるのならその罪を告発しないわけにはいかない。

「清瀬優衣《ゆい》」

その名前を告げるとき、堪えたつもりではいたが、青江の声はやはり震えてしまった。

「清瀬優衣……女性ですか?」

問い返してから紅原が「ああ」と気づいた顔になる。

「『彼』と何度も仰っていましたね」

「同い年の同僚です。今月末、退職が決まっています」

「何か問題が?」

「いえ。ある代議士のご令嬢との縁談が調ったんですよ。ゆくゆくはその代議士の地盤を継いで政治家となるので、麻薬取締官を辞めることになっていたんです」

「……それは……」

紅原の眉間に縦皺が刻まれる。そんな、誰もが羨《うらや》むような将来を約束された人物が果たし

て殺人の罪を――それも四人も殺すなど、あり得るだろうかと言いたいのだろうと察した青江は、

「俺も信じられないんですけどね」

と頷き、言葉を続けた。

「ただ……もしや彼が、という可能性に至ったとき、あり得ないという思いよりも、なんというか――納得できるという気持ちのほうが強かった」

「動機は……？　動機はなんです？　別れ話のもつれですか？」

紅原は未だ半信半疑――というよりは信じがたいと思っているようだった。動機がもしもそれだというのなら、更に彼は信じられないと思うに違いない。しかも、と青江は首を横に振り、彼の言葉を否定した。

「別れを切り出してきたのは向こうからでしたからね。もつれはしなかった」

「では他に動機が？　個人的に恨みを持たれるような出来事でもあったのですか？」

「そのあたりは正直なところ……よくわからない」

「え？」

紅原が戸惑った声を上げる。

「わからないって……それでもその清瀬という同僚が犯人だと、あなたはほぼ断言している」

「動機については本人に聞かない限りわからない。心当たりはまるでないんです」

「本人に聞くといっても、さすがにこの監視カメラの画像だけでは任意にしても呼べません。先ほどのバスルームの件にしてもそうです。もっと他に何か具体的な証拠が……」

「ですから」

紅原の言葉を青江は遮り、逆に彼の腕を摑んだ。

「なんです?」

紅原が戸惑った声を上げ、自身の上腕を摑む青江の手を見やる。

「俺が話を聞きます」

「あなたが?」

眉を顰める紅原に、青江が頷く。

「はい。それで……」

果たして了承してもらえるか。可能性としては半々かなと思いながら青江は、じっと紅原の目を見つめ熱く訴えかけた。

「自首を勧めたいと思います。なので一日、時間をもらえませんか?」

「それはつまり……」

相変わらず紅原の眉間に縦皺は刻まれたままである。やはり難しいかもしれない。が、説得してみせると意気込み、青江は紅原に希望する内容を口にした。

「この件に関してはあと一日、あなたの胸だけに留めておいてほしい。それをお願いしたいんです」

「私の胸だけに……というとつまり、捜査本部に情報を流すなということですか？」

紅原が硬い声を出す。

「はい。捜査本部だけでなく、上司の方にも」

青江の言葉を聞き紅原は一瞬何か言いかけたが、すぐさま口を閉ざし首を横に振った。

「お願いします」

拒絶の言葉を聞くより前に、と青江が訴えかける。

「必ず自首させます。彼が犯人であることを揉《も》み消そうとしているわけでもないし、辞職させた上で逮捕となるような時間稼ぎをしているわけでも勿論ない。ただ、俺は彼に理由を聞きたい。なぜ四人もの人間を殺したのか。納得できる理由を聞き、本人に反省させた上で自首をさせたいんです。お願いします」

「特別扱いしたいということですか？」

紅原の声は相変わらず硬い。怒気すら感じられる、と青江は尚も紅原の目を見つめ、言葉を続けた。

「公私混同と言いたい気持ちはわかります。確かに公私混同だ。でも付き合っていた相手だから特別扱いしてほしいとお願いしているわけではありません。彼が犯行に至った、その理由はきっと俺にあるんでしょう。それだけに知りたいんです。なぜ優衣が彼らを殺したのか。

俺が責任を負うべきなのかそうじゃないのか。もし俺に責任があるのなら……」

「あなたが責任をとる、とでも言うんですか」

青江の熱弁を紅原の淡々とした声が遮る。

「ええ……そう……ですね。どうとればいいのかは、これから考えますが」

「辞職？」

「……まあ、そうでしょうね。それだけですむようなことでもないでしょうけど」

頷く青江に紅原が問いを重ねる。

「本当は動機に心当たりがあるんじゃないですか？」

「ありませんよ。あなたが考えているように彼と口裏を合わせるつもりもないし、口止めをする気もない」

「別にそんなことは考えてはいませんが」

紅原が憮然とした声を出す。ますます気分を害してしまった、と反省しつつ青江は、なんとしてでも了承してもらわねば、と己の本心をいよいよ明かすことにした。

「無理は承知です。それでもなんとかお願いしたい。優衣が殺人を犯した責任が俺にあるかは彼から話を聞かないかぎりわからないが、少なくとも俺には優衣と関係を結んだことに対しての責任はある。もともとノーマルだった彼を口説いてものにしたのは俺だ。そのせいで彼が道を踏み外したのだとしたら、その責任もとるべきだと、そう思うんだ」

「…………」

紅原は何も言わず、青江をただ見返していた。

「お願いします、紅原さん。一日とは言わない。数時間でいい。少しの間だけ目を瞑《つぶ》っていてはもらえないでしょうか。あなたはこの話を聞かなかった。まだ容疑者は特定できていないのが現状だ――そのようにしてもらえないでしょうか。お願いします。あなたに迷惑がかかるようなことには絶対にしませんので」

お願いします、と青江は紅原に対し、深く頭を下げた。

「…………」

紅原は相変わらず無言のままだった。何をどうしても、彼の首を縦に振らせることはできないのか。警察官としての立場からしたら難しいということはわかる。でも彼ならわかってくれるのではないかという希望をなぜか自分が抱いてしまっていたことを青江は不思議に思った。

紅原の性格上、了承などしてもらえるはずがないのだ。真面目で、上昇志向が強くて、その上、人目をこれでもかというほど気にする。

そんな彼に対し、下手《へた》をすれば責任問題となりかねない上司への報告義務をしないでほしいという願いをしたところで聞き入れてもらえるはずはなかった。

黙っていればよかったのだ。防犯カメラの映像の人物に心当たりはないと言い切れば、なんの問題にもならないはずだった。なのになぜ、敢えて知らせて許可を取るという道を選んでしまったのか。

「お願いです。わかってください」

そう——わかってほしかったのだ。彼には。

理由はよくわからない。が、彼には嘘をつきたくなかったし、理解してもらいたかった。

理解してもらいたい——何を？　自分をか？

なぜそのような思いを抱いたのか。理由はすぐにわかった。

惚れたから。

色恋沙汰《ざた》かよ、と自嘲しそうになるのを堪えると青江は再度、

「お願いです」

と深く、膝に頭がつきそうになるほど深く、紅原に頭を下げた。

「…………」

紅原は暫《しばら》くの間、言葉を発しなかった。駄目か。諦《あきら》めたくはない。が、諦めざるを得ない状況を予測した青江の口から、それまで堪えていた溜め息が漏れかける。

そのとき、紅原がようやく口を開いた。

「仰ることはわかります。ですが、了承できません」

「紅原さん」

無情な。ショックを受けたせいで、青江はつい、非難がましく紅原の名を呼んでしまった。

「相手は四人もの——キャバ嬢を入れれば五人もの人間を殺したかもしれないんですよ」

そんな青江を真っ直ぐに見返し、そう告げた紅原は、次に青江が驚くべき言葉を告げたのだった。

「私があなたを警護する。あなたの身の安全を護《まも》るために。その条件を呑むというのなら了承しましょう」

「それってつまり……俺の身を案じてくれていたってことですか？」

その発想はなかった。意外さから確認を取ってしまった青江の目の前で、紅原の頬がみるみるうちに赤く染まっていく。

可愛いじゃないか。抱き締めたくなる衝動を気力で抑え込むと青江は、

「ありがとうございます」

と改めて紅原に深く頭を下げた。

「しかしお願いしておいてなんですが、あなたの立場が悪くなったりしませんか」

実際、了承されるとそこが気になり、顔を上げながら青江が問いかけると、紅原は敢えて作ったと思しき淡々とした口調で答えを返した。

「心配無用です。この程度では影響はありません」

「……さすがですね」

嫌みのつもりはなく、本気で感心したのだったが、紅原はそうはとらなかったらしく幾分むっとした顔になった。

「それより、すぐにも作戦を立てようじゃないですか。清瀬を呼び出す場所。私が身を隠せ、かつあなたに危険が迫ったときには飛び出せるような、そんな場所を選ばねば」

不機嫌な顔のまま、打ち合わせを続けようとする紅原の姿は、彼をよく知る前であれば偉そうに、とマイナス感情を抱いたであろうが、今はなんとも可愛く思える。

同時になんとも頼もしい、と青江はつい笑顔になってしまいながら、すっと右手を紅原の前に差し出した。

「…………」

紅原は訝しげに青江の手を見やったあと、握手か、と気づいたらしく、いかにも面倒くさそうな素振りで青江の手を握ってくる。

それでも握手はしてくれるんだな、と青江はますます笑いそうになるのを堪え、紅原の手をぎゅっと握り締めながら、自分がどれほど感謝をしているか、その思いを伝えようと口を開いた。

「本当にありがとう。一生、恩に着ます」

「オーバーな」

呆れた口調で呟きつつも、紅原もまた、青江の手を一瞬強く握り返したあと手を離し、唇の端を上げるようにして微笑んでみせた。

やはり、惚れる。すっと目を逸らせた紅原の視線を追いそうになっていた青江は、だから今はそれどころではないだろうと自嘲し、すぐさま気持ちを切り換えると、今、ざっと頭の中で組み立てた計画を話し始めた。

「これから清瀬に連絡を入れ、彼を自宅に呼ぼうと思います。あなたは先に部屋に向かい、待機をしていてもらえますか？　今、合い鍵を渡します」

「合い鍵を持ち歩いているんですか？」

意外そうな声で問いかけてきた紅原だったが、青江の答えを聞き、少しバツの悪そうな顔になった。

「以前、優衣から……清瀬から返してもらったんですが、それをキーホルダーにつけたままにしていて」

「ああ……」

そういうことか、と頷いた彼に青江は、言わなくてもいいような軽口を叩いてしまった。

「誰かにすぐ渡せるように、という理由かと思いました？」

「その発想はありませんでした」

紅原の眉間にくっきりと縦皺が寄る。ふざけている場合かと言いたいのだろうと青江は密かに首を竦め、すぐに話を戻した。

「清瀬が自首を決意したときには申し訳ありませんが身を潜めたままでいてもらえますか？　万一、彼が抵抗した場合には協力を要請するかもしれません」

「『万一』ですか」

と、ここで紅原が口を挟んできた。予想外の突っ込みに、青江の反応が一瞬遅れる。

「随分と余裕ですね」

紅原の発言は嫌みか、もしくは当てこすりのように聞こえた。酷く機嫌が悪そうだが、心当たりはない。不本意な行動を取ることに対し、今頃むかついたのだろうか。青江が見やった先では紅原が咳払《せきばら》いをし、青江からは目を逸らせたまま、

「なんでもありません」

と言い捨てていた。

「余裕はないですよ。まだ信じられないと思っているだけで……」

『なんでもない』と言われはしたが、一応の言い訳をした青江に対し、紅原が言葉を返すことはなかった。

「準備ができ次第、向かいます。合い鍵、お借りします」

きびきびした口調でそう言い、合い鍵を、というように手を差し出してくる。準備というのはもしかして、と青江はそれを確認すべく、鍵を渡しながら問いかけた。

「拳銃を携帯されようとしていますか？」

「何か問題でも？」

青江の問いに紅原が、やはりきびきびした口調のまま答える。

できることなら拳銃の使用は見合わせてほしい、と喉元まででかかった言葉を青江は飲み込み、なんでもないと首を横に振った。

「いえ……」

必要があれば使うだろうし、なければ当然使わないだろう。紅原は自分を『警護』すると宣言したが、彼自身の身の安全を守ることもまた必要である。『撃つな』というのはその身の安全をも奪うことになりかねない発言であるがゆえ、堪えたのだが、紅原は青江の心をあまりに正確に読んだ。

「ご安心ください。そのときが来なければ撃ちません」

「………」

そのときが来たらと言われた『そのとき』とは即ち――清瀬が抵抗、否、攻撃してきたときであろう。

「麻薬取締官も拳銃の携帯を許されているんですよね」

確認を取ってきた紅原に青江は「ええ」と頷きはしたが、拳銃の管理は警察同様、きっちりしているがゆえ、清瀬が自分の銃を持ち出すことはまず考えられない、と言葉を続けようとした。

しかし紅原の意図は別にあった。

「あなたも携帯したほうがいいのでは」

「……いや……」

いらない。自分が清瀬を撃つことは考えられない。首を横に振りかけた青江に、紅原の淡淡とした声がかけられる。

「彼が何人もの人間を殺した可能性が高いと言っているのはあなたですよ」

「……ですね」

頷く青江の引き締めた唇の間から溜め息が漏れる。

「何事においても注意しすぎるということはありません。すでに彼はあなたの知る彼ではなくなっているかもしれない。そもそもあなたの知る彼は、人殺しなどしないでしょう？」

「一から十までおっしゃるとおりです」

正論をかざされては頷かざるを得ない。しかし。その思いが青江の口からつい漏れかけた。

「しかし」

「『しかし』？　なんです？」

紅原がきっちり聞き咎《とが》め、問い返してくる。

「なんでもないです」

「…………」

さすがに言えない。苦笑した青江だったが、紅原に眉を顰められ、どちらにしても不快にはさせてるか、と気づいた。

「『しかし、むかつく』」

それで言いかけていた言葉を告げたのだが、それを聞いた紅原は、青江の予想に反し、むっとすることなく吹き出した。

「正直だ」

馬鹿にされているという可能性を捨てきれないリアクションだったが、紅原の笑顔に見惚《みと》れたためか、不快さは少しもこみ上げてこなかった。

「正直だけが取り柄でして」

「正直では潜入捜査などできないでしょうに」

青江の返答にまたも紅原は揶揄めいた突っ込みをしてきたが、彼の顔はすでに笑ってはいなかった。

「それでは、お互い準備に入りましょう。一時間後にはあなたの部屋での待機を開始します。何か突発事項がありましたら携帯に連絡をください」

「わかりました。一時間後以降に清瀬を連れて家に戻ります」

きびきびと告げる紅原に青江もきびきびと返したあと、

「くれぐれも」

と言葉を足そうとした。

「わかっています。清瀬があなたに危害を加えようとしないかぎり、私は待機したまま姿を見せることはしません」

くどい。紅原の顔に不快感が現れている。

「すみませんね」

同じことを二度言われるのは、相手の記憶力やら判断力を疑っている証拠である。それを不快に思うというのはいかにもプライドの高い紅原らしい、と青江は内心苦笑したものの、心のどこかではその『不快感』に別の理由があるのではないかという期待を捨てきれずにいた。

その後、青江は上司に中村殺害事件の概要を説明するべく――そして清瀬とコンタクトをとるべく、職場に戻った。

隣のデスクに清瀬の姿はなかった。パソコンの画面がスクリーンセーバーになっているところをみると、十五分以上離席しているようである。

「清瀬は？」

事務員に行方《ゆくえ》を問うと、若い彼女は、

「え？　あれ？」

と周囲を見回し首を傾げた。

「朝はいらしたと思うんですけど……」

「トイレかな」

問うたところで答えは得られるわけがない。そう思いつつも、コミュニケーションの一環と会話を続けていた青江だったが、事務員は彼の予想を覆《くつがえ》す答えを返してきた。

「トイレじゃないと思いますよ。二十分くらい前にこのフロアのトイレ、故障したんです。

水が溢れたそうで。結構騒ぎになったけど、あれ？　そのときもう清瀬さん、席にいなかったかな」

「……そう」

二十分前にはすでに清瀬は姿を消していた——嫌な予感が急速に青江の中に込み上げてくる。

もしかして。自身の予感に突き動かされ、青江は携帯を取り出すと清瀬の番号を呼び出した。

『おかけになった番号は、電源が切られているか電波の届かない場所に……』

女声のアナウンスが響く携帯を耳から離して見つめたあと、再び電話をかけてみる。が、次も同じアナウンスが流れたのに、青江の胸さわぎはますます増大した。

清瀬の自宅は。電話帳に登録していただろうか。慌てて操作しようとしたそのとき、青江の机上の電話が鳴った。

「はい、青江です」

清瀬か。ディスプレイを見ることなく応対に出た青江の耳に、不機嫌きわまりない笹沢の——上司の声が響いてきた。

『青江、戻っているならなぜ報告に来ない？』

「申し訳ありません。すぐ」

答えながらも青江はスマートフォンの操作を続け、清瀬の自宅の電話番号を呼び出していた。

笹沢の電話を切ったすぐあと、清瀬の自宅の番号を鳴らす。

出るか。出る可能性は低いのではないか。どきどきと嫌な感じで鼓動が高鳴っている。ワンコール、ツーコール――やはり出ないか、と諦めかけたそのとき、ポツポツと電波が乱れる音がした直後、清瀬の声が電話から聞こえてきた。

『……はい……』

「優衣か？」

思わず電話を握り直し、青江はそう問い返してしまった。声に勢いがありすぎたせいか、近くにいた事務員がびっくりしたように青江を見ている。

『……うん』

電話の向こうから清瀬の力ない声が響く。やけに遠く感じるなと思いつつ、それは声に元気がないからかと察した青江は、なぜ自宅にいるのか、その理由を清瀬に問うた。

「今、家か？　どうした？　体調でも悪いのか？」

『……うん……貧血を起こしかけて。それで失礼させてもらった』

「大丈夫か？」

清瀬はいかにも具合の悪そうな力ない声を出してはいたが、青江はなぜか違和感を覚えずにはいられなかった。

違和感の正体は彼の机だ、と、いかにも離席したばかりのように見える清瀬のデスクを見やる。

貧血を起こしかけていたにせよ、普段の清瀬ならおそらくパソコンの電源を落とし、机の上を片付けてから、周囲に声をかけ帰宅していたことだろう。

果たして清瀬は本当に具合が悪くなり帰宅したのか。そのあたりを更に問いを重ねることで突き止めようとしていた青江の耳に、自分の卓上電話が鳴る音が届く。

「はい、こちら……あ、部長」

応対に出たのは事務員の女性だった。慌てた様子で青江へと視線を向けてきたところをみると、笹沢が催促の電話をかけてきたらしい。

まずは笹沢を黙らせる必要があると青江は判断せざるを得なかった。笹沢に臍《へそ》を曲げられたら、このあと自由に行動を取れなくなる危険があるためである。

五分。長くとも十分で笹沢を丸め込む。その後また清瀬の自宅に連絡を入れることにしよう。咄嗟《とっさ》にそう決めると青江は、電話に向かい一気にまくし立てた。

「悪い。部長に呼ばれた。また連絡するが、無理するなよ」

『ありがとう』

清瀬が嬉《うれ》しげな声で礼を言い、『邪魔しちゃ悪いから』と断り電話を切った。

「青江さん」

部長の電話を取った事務員が声をかけてくるのに青江は、

「すぐ行くからと伝えてくれるかな」

と微笑むと、携帯をポケットにしまい部屋を飛び出した。

「何をしていた」

笹沢はこれ以上ないほど不機嫌だった。この分だと十分で話を終えるのは無理かもしれない。内心溜め息を漏らしつつ青江は、

「報告します」

と中村殺害事件の概要と警察の捜査状況を手短に説明した。

「こちらサイドから情報が漏洩したという疑いは持たれていないんだな？」

笹沢の関心事はその一点のみのようだった。予想はできていたがと内心苦笑しつつ青江は、

「可能性としてはゼロではありませんが、著しく薄いという見解のようでした」

そう答え、保身に走る上司を見やった。

「警察からの漏洩の可能性は更に低いのだろう？」

返答が気に入らなかったらしく、不機嫌に言い捨てた笹沢が、青江を睨み問いかける。

「お前はどう思う？　どこから漏れたんだ？」

「……申し訳ありません。わかりません」

本当は『わかって』いる。情報漏洩元は自分だ。自分が不注意にも書類を机の上に放置し離席したのがいけない。それを清瀬は見たのである。

だが、今の段階でそれを笹沢に伝えることを青江は躊躇った。まずは清瀬と話し合い、彼がなぜ凶行に至ったのか、それを突き止めた上で自首させたい。

一番望ましいのは彼が犯人であるという自身の考えが的外れであることなのだが。瞬時、一人の思考の世界にはまりかけていた青江は、笹沢が溜め息交じりに告げた言葉を聞き、はっと我に返った。

「……本当に悩ましいことだらけだ。この件といい、清瀬といい」

「え？」

唐突に出た清瀬の名に、青江は驚き思わず声を発してしまった。

「そうだ、お前、何か聞いてたんじゃないのか？」

笹沢が憮然とした表情で問いかけてくる。

「何をです？」

青江の鼓動が嫌な感じで高鳴る。ざわつく胸中を悟られないよう心がけつつ、青江は笹沢に問い返した。

事件に関することを聞かれたら、正直に打ち明けよう。冷静に考えればもしも笹沢が清瀬の、事件への関与を疑っているのだとしたら、このような呑気《のんき》な聞き方をするはずがないとわかったであろうに、その冷静さを今の青江は欠いていた。

「清瀬のことだ。今になって縁談を断ったらしい」

「なんですって？」

事件にかかわることではなかったものの、笹沢の発言は青江を驚かせるに充分だった。仰天する青江を見て笹沢は、何も聞いていないと判断してくれたようで、苦々しい顔のまま言葉を続けた。

「婚約者に直接、結婚できないと言ったんだと。理由は『他に好きな人がいる』で、婚約者は酷いショックを受けるわ、父親の代議士は怒り心頭で斉藤《さいとう》室長のところに怒鳴り込んでくるわと、昨日は大変だったそうだ」

「……それは……」

『斉藤室長』というのは、かつての清瀬の横浜での上司で、縁談を持ちかけた張本人だった。まさかそんなことを清瀬がしていようとは、と愕然とした状態の続く青江に笹沢が尚も厳しい声をかける。

「まさかと思うがその『好きな人』というのは……」

「違いますよ。我々はもう、とっくの昔に別れていますんで」

慌てて否定しながらも青江は、『違い』はしないだろうという確信をも抱いていた。

清瀬の行動は――逆玉とも言われた縁談を土壇場で断る行動は、あきらかに常軌を逸している。一般社会に属している人間であれば、行うのに躊躇しないわけがない行動である。だがそれ以上に彼はそれこそ常軌を逸した、否、人としてしてはならない行動をとった疑いがあった。

その動機ももしや『好きな人』のためなのではないか。

「それならいい」

笹沢の不機嫌な声が遠いところで響いている。今、青江の思考はある一つの結論に——おぞましいとも恐ろしいとも、信じがたいとも、なんとも言いがたい、だが正解であるに違いない結論に達しつつあった。

「本当に頭の痛いことばかりだ」

「すみません、ちょっと失礼します」

笹沢の愚痴を遮るように頭を下げてきっぱりそう告げ、青江は踵《きびす》を返した。

「おい？」

青江は常に、礼節を重んじている。その彼のとった失礼すぎる行動に、笹沢は怒りよりも戸惑いを覚えたらしく、怒声ではなく驚きの声を上げていた。その声を背に青江は部屋を駆け出すと、そのまま自身の執務室には戻らず、建物の外へと向かった。

大通りですぐにタクシーを捕まえ、独身寮の住所を告げる。寮はすぐ近くだったが落ち着かず、青江は携帯を取り出し再び清瀬の自宅にかけた。

ワンコール。ツーコール。しかし彼が出る気配はない。

先ほどは通じていたのに。やはり電話を切るべきではなかったのか。焦る気持ちを持て余し、青江は既に二十回を越えるコールを続ける携帯を耳に押し当て続けた。

十分ほどで独身寮に到着し、青江は代金を払って車を降りると、顔なじみの管理人に会釈をし、エレベーターへと向かった。

清瀬の部屋は三階の一番奥にあった。チャイムを鳴らすも彼が出る気配はない。合い鍵はとうの昔に返してしまっているため、青江は仕方なく一階に降りエントランスに面している管理人室の窓口に向かい「すみません」と声をかけた。

「清瀬が体調不良で戻っているはずなんですが、応答がないんです。鍵、開けてもらえませんか？」

「え？　清瀬さん？」

管理人が眉を顰める。

「清瀬さんなら朝出たきり戻ってきちゃいませんよ」

「ちょっと待ってください。俺、さっき電話で話しましたよ？」

確かに自宅の電話にかけ、清瀬は応対に出た。

「今は部屋にいるはずです。一旦出勤したけど、貧血を起こして寮に帰ったって……」

「どのくらい前かい？　ここ三時間は私、席も外さず、ずっとここにいたけど、清瀬さんが帰ってきたってことはないなあ」

「……そんな……」

馬鹿な、と言いかけた青江の頭に、清瀬との通話が蘇《よみがえ》った。

普段、家の電話にかけることはないものの、なんとなく違和感はあった。自分は確かに清瀬の部屋の電話にかけた。が、呼び出し音が途中、切り替わりはしなかったか？

「すみません、部屋、開けてもらえませんか？　心配なので」

まさか。ある可能性を思いつき青江は管理人に向かい身を乗り出すと必死にそう頼み込んだ。

「いないと思いますよ」

同僚であることはわかっている上、清瀬と仲がいいことも管理人は知っていたため、彼が青江の頼みを断ることはなかった。が、一応責任感からだろう。鍵を渡すのではなく、共に部屋に向かうという形を取ることにしたようで、窓口に『巡回中』の札を立てると「よいしょ」と立ち上がり、マスターキーを持って管理人室から出てきた。

「そういや清瀬さん、逆玉なんでしょう？　今月辞めちゃうとか」

管理人が青江に声をかけてくる。老人ゆえ、歩調がゆっくりであることにいらつきながらもそれを態度に出すことをせず、青江はただ「ええ」と笑顔で頷いた。

「準備で忙しいのかなあ。ここ数日、姿見なかったけど、今朝は見かけたんで『おめでとう』

と言ったら嬉しそうでしたよ」

焦る気持ちを抑え込み、管理人の呑気なお喋りに付き合いながら三階を目指す。

「いないと思いますよ」

鍵を開けながら管理人は尚もそう言い、ドアを開いたのだが、その瞬間彼は息を呑みその場で固まってしまった。

「どうしたんです？」

様子がおかしいことを訝り、青江は管理人の身体越しに部屋の中を見やったのだが、目の前に開けた惨状といっていい光景に彼もまた声を失い、一瞬立ち尽くした。が、すぐさま我に返ると、「すみません」と管理人を横に押しやり、室内へと駆け込んだ。

寮の部屋は六畳ほどのワンルームで、簡易式のキッチンとバストイレがついている。ベッドと机、それに箪笥《たんす》一棹《さお》しかないこの部屋には青江も何度も遊びに来たことがあるが、几帳面な性格の清瀬らしく室内は常に片付いていた。

だが、カーテンの隙間《すきま》から差す日の光で窺《うかが》える部屋の中は、乱雑の一言に尽きた。洋服やらタオルやらが床の上だけでなくベッドの上まで散らばっている。

「ど、泥棒？」

腰を抜かしかねない様子の老いた管理人を気遣う余裕を、青江は失っていた。入口近くにある電気をつけたそのとき、更に衝撃的なものを発見してしまったからである。

「ひぃ……っ」

管理人の目にも『それ』は入ったらしく、悲鳴を上げ、その場にへたり込んでしまった。

乱雑に洋服が放置された床の上、赤黒い染みのついたタオルやらシャツやらが紛れている。変色してはいたが、それが血の染みであることは明白だった。

それらを隠すため、上に服を置いたのかもしれない。とはいえそれは隠蔽《いんぺい》するというより、自身の目に入らないように、という意図くらいしかなさそうな杜撰《ずさん》な隠しようだった。

「け、警察に連絡を……っ」

管理人はどうやら、清瀬が『被害者』であると勘違いしているようで、腰が立たないながらも管理人室へと戻ろうとしている。

だが青江は清瀬が『被害者』ではないことを知っていた。血まみれの服の下にはやはり血に塗《まみ》れたナイフが見える。鈍く光るその刃先を見やる青江の口から溜め息が漏れた。

「あとは頼みます」

這《は》うようにして廊下を進んでいた管理人を青江は追い越すと、彼のためにエレベーターを使うのはやめ、非常階段を駆け下り外を目指した。

「青江さん、どこ行くんだい？」

管理人の叫ぶ声を無視し、通りに飛び出す。

運良く走ってきたタクシーの空車に手を上げ、行き先を告げようとして、自身がどこに向かえばいいのか、青江は迷って黙り込んだ。

「お客さん？」

大慌てで乗ってきたわりには考え込んでしまっていた青江の様子を訝り、運転手が振り返って声をかけてくる。

「ああ、すみません」

詫びながら青江は、果たして清瀬はどこにいるのか、必死でそれを考えていた。

管理人によると、あの部屋に今日彼は朝出たきり戻っていないということだった。電話はおそらく、転送していたのだろう。青江の知る番号の携帯電話の電源は切られていたので、もう一台、彼は携帯を持っている可能性が高い。その携帯を手に彼は一体今、どこにいるのか。

可能性として考えられる場所は——と必死で思考を巡らすも、思いつく場所はない。

管理人はまた、清瀬が数日部屋を空けていたというようなことも言っていた。そのとき清瀬は果たしてどこにいたのか。この数日のうちに五人の人間が殺害された。その犯人が清瀬だとすると、彼はターゲットに貼り付いていたということになるのでは。

今も彼は、新たなターゲットに貼り付いているのだろうか。その『ターゲット』というのは誰なんだ？

「お客さん、どこ行きます？　どこも行かないの？」

運転手が苛立ちを隠そうともせず問うてくる。

「ああ、すみません。取りあえず駅に……」

誰だ。彼の次なるターゲットは。今まで清瀬は青江の潜入捜査の対象を手にかけてきたが、最早、その相手はいない。

そもそもなぜ清瀬は自分の捜査対象を殺し続けてきたのか。自分への復讐か。しかしなぜ復讐を？　別れを切り出してきたのは向こうからだというのに？

いや。違う。きっとその動機は――青江の耳に先ほど聞いたばかりの笹沢の声が蘇った。

『婚約者に直接、結婚できないと言ったんだと。理由は「他に好きな人がいる」で、婚約者は酷いショックを受けるわ、父親の代議士は怒り心頭で斉藤室長のところに怒鳴り込んでくるわと、昨日は大変だったそうだ』

『好きな人』――やはりそれは自分のことではないか。

そして彼の殺しの動機はもしや、嫉妬《しっと》では？

それが青江の至った、決して正解であってほしくない『結論』だった。

最初のカフェの店長、村瀬と青江は性的関係を結びかけていた。次のホスト眉月はゲイではなかったが、弟分として可愛がってもらっていた。次はバイセクシャルのゲイボーイ。この先関係ができるのではと懸念したのではないか。

四人目の黒服、中村には――襲われかけた。それを清瀬は陰から監視し、制裁を加えたのではないか。

だとすると次なる彼のターゲットは？　その時青江の頭にあの男の顔が浮かんだ。

「すみません、行き先、赤坂に変更してください！」

運転席を摑み、身を乗り出して指示をする。

「赤坂？」

問い返す運転手に青江は「急いでください」と告げるとすぐさま携帯をポケットから取り出し、紅原の番号を呼び出した。

が、電源が入っていないためかからないというアナウンスが流れ、既に彼が自分のマンションにいる可能性が高いと知ると、今度は打ち合わせどおり自身のマンションの固定電話にかけたが、こちらも呼び出し音が鳴るばかりで留守番電話に繫がってしまった。

「もしもし？　どうした？　まだ到着してないのか？」

呼びかけたが誰も応対に出ない。青江の胸にとてつもない嫌な予感が込み上げてくる。

黒服中村に襲われているところを助けてくれたのは紅原だった。その後、送ってくれた彼と暫くの間、二人であの部屋で過ごした。このところ共に行動することが多かった紅原が次なる清瀬のターゲットになっている可能性は高い。

電話に出ないのは到着していないからか。それとも出られないような状態にあるからか。

まさか既に殺されているわけではないだろう。合い鍵は返してもらっているのだから、と己を安心させようとしても、清瀬が合い鍵のコピーを作っていない保証はないという可能性を思いついてしまい、より落ち着かなくなった。

叔父《おじ》のマンションは築年数が経っていることもあり、ディンプルキーではない。鍵のコピーは作りたい放題である。

清瀬が朝、笹沢の自分への指示を聞きつけ警視庁に行ったとしたら？　そのあと、自分ではなく紅原をつけ、自宅に合い鍵で入る彼の姿を目撃したら？　自身も合い鍵で入り、凶《きょう》刃《じん》を振るう。その可能性は果たしてどのくらいあるだろう。

限りなく少なくあってくれ。清瀬は合い鍵のコピーなど作っておらず、今頃自身の罪を悔いて途方にくれているのだ。その可能性だってゼロではない。頼むからそうあってくれ、と必死で青江は願っていたが、後者の可能性のほうがよりゼロに近いことは考えずともわかっていた。

ようやくタクシーが自宅マンションに到着すると、青江は運転手に代金を支払い、釣り銭とレシートを用意しようとしている彼に「いりませんので」と言い捨て、ドアを開けてもらった。エントランスを駆け抜け、エレベーターに向かう。一階にちょうど降りていた箱に乗り込み、自身の部屋のフロアのボタンを押すと青江は、早く到着しないかと最高にいらつきながら上部にある階数の表示が次々点滅していく様を眺めていた。

ようやく自分の部屋のある階に着き、扉が開きかける。古いエレベーターの扉が開くスピードの遅さに焦れ、青江はこじ開けるようにして重い扉を開くとその間から飛び出し、自室を目指した。

インターホンを押したが応答はない。鍵を開けねばとポケットを探り、もしや、と気づいてドアノブを握ると既に施錠されていなかった。

「紅原さん！」

嫌な予感が最高潮に達したせいで、青江は思わず紅原の名を呼びながら、靴を脱ぐのももどかしく部屋に入り、廊下を走って正面のリビングのドアを開いた。が、誰の姿もない。

だが次の瞬間、キッチンのほうからガシャン、とガラスの割れる音と共にガラガラと何かが床に崩れ落ちる音が響いてきて、青江は急いでリビングを突っ切りキッチンへと向かった。

「よせ！」

青江の目に飛び込んできたのは、今、まさに清瀬が紅原に馬乗りになり、ナイフを振りかざしている、その光景だった。紅原の頬には刃が掠ったらしい傷がある。

ナイフを握る手を両手で握り、振り下ろされるのを防いでいる紅原が、青江の声に反応し視線を向けてきた。が、清瀬はまるで青江の声など耳に入っていないかのように、なんとかナイフを振り下ろそうと必死になっている。

「やめるんだ、優衣！」

想像はしていた。だが実際目にすると衝撃が大きすぎる光景を前に青江の動きは一瞬止まってしまっていた。が、すぐに彼は我に返ると清瀬に駆け寄り、彼を羽交《はが》い締めにしようとした。

「優衣！　やめろ！」

清瀬の動きは俊敏だった。彼は武道の心得がたいしてあるわけでもなく、運動能力も人より劣ってこそいないが至って『普通』であるはずだった。が、今は何かに憑依《ひょうい》されているのかと思うほど、キレのいい動きを見せ、紅原の手を容易に振り払うと同時にナイフを前に構え青江へと向かってきた。

「危ない！」

紅原が焦った声を上げ、起き上がりながら上着の前を開き、ホルスターから拳銃を取り出そうとする。

「大丈夫だ！　撃つな！」

青江が叫んだと同時に、清瀬の動きがぴた、と止まった。

「ねえ、どうして……？」

相変わらず彼はナイフを構えたままだった。問いかける声が酷く掠れている。青江を日々楽しませていた彼の美貌は健在で、綺麗な瞳から一筋の涙が零《こぼ》れ落ちるその様に、こんな場合であるのに青江は見惚れそうになってしまった。

「……どうして……とめるの……？」

言いながら清瀬が一歩、また一歩、青江に近づいてくる。

「御幸はこの人が好きなの？　合い鍵を渡してるくらいだもの。好きなんだよね」

『この人』と言いはしたが清瀬の目は真っ直ぐ、青江の瞳に注がれていた。

「だからとめるの？」

問いかける清瀬の声が更に掠れ、瞳からまた一筋、涙が溢れる。

「お前を人殺しにしたくないからだ」

青江もまた、清瀬に向かい一歩を踏み出した。

「危険です、青江さん」

紅原が注意を促してくるのに「大丈夫だ」と短く答えたのは、清瀬が鬼の形相となり彼を振り返りかけたためだった。

「優衣、ナイフを下ろせ。話をしよう」

また一歩青江が清瀬に歩み寄り、じっと目を見て話しかける。

「もう……遅いよ」

清瀬が首を横に振り、また涙を流す。

「僕はもう……人殺しだもの」

「……優衣……」

ついに——言った。自身の口から己の罪を語った。その可能性を思いついたとき、あり得ない、と最初一笑に付し、次にあってほしくないと切に願った。

その願いも無駄になったか、と青江は半ば呆然としながら清瀬を見た。清瀬もまた青江を真っ直ぐに見返してくる。

「………」

どうして――問いかけたかった。が、もしそれを問えば清瀬が激昂《げっこう》することが本能的にわかっていたため、青江は言葉を飲み込んだ。

「愛してる……御幸……」

ぽろぽろと、まさに真珠のごとき涙を零しながら清瀬もまた青江に一歩踏み出す。彼の手がナイフを握り直し、その切っ先《きさき》を青江の心臓へと正確に向けてきた。

刺されるんだな。

自分が酷く落ち着いていることへの違和感はあった。が、青江は迷わず両手を広げ、清瀬を受け入れようとした。

「……もともとノーマルだったお前を誘惑したのは俺だもんな」

自然と言葉が唇から零れる。

「責任とれっていう気持ちはわかる。俺と付き合うことがなければ普通に結婚し、代議士にもなれた。皆が羨む未来を潰したのは俺だ。今更謝ったところで取り返しはつかないが、せめて謝らせてくれ。本当に……本当に申し訳なかった」

そう言い、深く頭を下げた青江の耳に、ヒステリックな清瀬の声が響いた。

「違う！　御幸はなんにもわかっていない！」

「……え？」

謝罪は許してもらいたいと思ってしたものではなかった。心から申し訳ないと思う、その現れであるのは事実なのに『何もわかっていない』と罵られ、意味がわからず顔を上げる。

青江の目に飛び込んできたのは、今までの綺麗な泣き顔ではなく、顔を歪《ゆが》めて泣き喚く、清瀬の醜いといってもいい顔だった。

「責任をとってもらいたかったんじゃない！　ちゃんと愛してほしかった！　御幸は僕を抱いたけど、気持ちは僕になかったじゃないかっ」

「そんなことはない。愛していたよ！」

青江は清瀬が何を言っているのか、素でわかっていなかった。愛していないというのは誤解だ。なぜそのような誤解が生まれたのかはわからないがと言い訳をしたが、それが彼を激昂させることまでは予測していなかった。

「嘘だ！　愛してない！　愛してるのなら、なぜ一人目から気づいてくれなかったんだよう……っ」

泣き喚《わめ》きながら清瀬がナイフを前に捧げるようにし、青江の胸に飛び込んでくる。最早距離が近すぎて避ける術《すべ》はなかった。

死ぬな。かなりの確率で。しかし自業自得と言えるかも。諦観としかいえない感情に支配されていた青江が目を閉じた、その耳をつんざくような銃声が室内に響き渡った。

「……あ……」

青江が再度目を開いたとき、彼の目の前には足を撃たれ、蹲《うずくま》る清瀬と、彼に駆け寄り今まさに手錠をかけようとしている紅原の姿があった。

「大丈夫ですか」

青江とは目を合わせようともせず、紅原が問いかけてくる。

「……大丈夫……」

答えながら青江は、撃たれた痛みを堪え呻《うめ》いている清瀬を見下ろしてしまっていた。視線を感じているだろうに、清瀬は顔を上げようとしなかった。

「優衣」

名を呼んだが清瀬はやはり顔を上げようとせず、紅原に手錠をかけられるがまま、その場で蹲っていた。

「俺は……俺なりに、お前を愛していたよ。お前が結婚を決めたときにはショックを受けた」

言ったところで心には届くまいと諦めてはいたものの、それでも告げずにはいられず、青江は清瀬に話しかけ続けた。

「先の見えない関係に不安を覚えると言われ、確かにそのとおりだろうと思い、請われるままに綺麗に別れた。気持ちは勿論残していたよ。毎日顔を合わせるのが切ないくらいには」

「……やっぱり……御幸はわかってない……」

ぽつり、と清瀬がそう告げ、顔を上げて青江を見やる。

「……何が？」

わかっていないというのか。正直、今、清瀬が何を言おうとしているのか、それはわかってはいないが。そう思いながら問い返した青江を見て、清瀬が顔を歪めたまま首を横に振ってみせた。

「御幸は多分、人を愛したことがないいんだよ……何があっても自分のものにしたいとあがいた経験って、ないでしょう？」

「…………」

結婚するな。俺の傍《そば》にいろ。そう言ってほしかったのだろう。ようやく青江にも清瀬の言いたいことはわかったが、相手の将来を潰すようなことはできるわけがないと返そうとしたそのとき、清瀬の言葉は正解だということに青江は気づいてしまった。

「あなたは人を愛せない人だ……期待した僕が悪かったんだ」

ぽつり、と清瀬はそう言うと、痛みを堪えた様子で立ち上がろうとした。紅原がそんな彼の腰に腕を回し、身体を支えてやろうとする。

「五人も殺したから死刑？」

そんな紅原に清瀬が淡々と問いかけた。

「おそらく」

紅原もまた、淡々と返す。

「優衣」

青江は清瀬に呼びかけたが、清瀬が二度と青江を見ることはなかった。

「射撃の練習はしたけど、実際撃たれると痛いものなんだな。これまで撃つ機会がなくてよかったよ。こんなに痛い思いを相手にさせずにすんだんだから」

「まず警察病院で治療を受けてもらうことになると思います。後遺症は出ないと思われる箇所を狙ったつもりだが、外していたら申し訳ない」

「謝るようなことじゃないでしょう。それにどうせ死刑になるんだ。後遺症が出ようが出まいが関係ないよ」

青江を完全に無視した状態で清瀬と紅原の間の会話は続いていく。となると自身の果たす役割は、と青江は考え、一一〇番通報しかないかと思いつき、携帯を取り出した。

すぐに繋がったセンターに、殺人犯を捕らえた旨を伝え、逮捕したのが捜査一課の紅原である旨も伝えて指示を待つ。

「怪我《けが》、させて悪かった。大丈夫？」

今や清瀬は一見、すっかり落ち着きを取り戻しているようだった。紅原の頬の傷を見やり、心配そうに問いかけている。

「大丈夫です」

微笑み頷いた紅原が、視線を感じたのか青江のほうをちらと見る。

その視線を追い、清瀬もまた青江を見やったが、青江が口を開くより前にふいと目を逸らし、紅原を真っ直ぐに見上げ口を開いた。

「彼、人を愛せない男だから。安易に受け入れちゃ駄目だよ」

「………」

なんのための予防線なのか。目は合わせないながらも気持ちはまだ自分に残しているのか。それとも単なる当てこすりか。意味をはかりかねていた青江の目の前で、紅原が苦笑してみせる。

「まだ口説かれてもいませんよ」

「『まだ』」

そこを強調し、清瀬が高い笑い声を上げる。

「口説かれたらその気になるってこと?」

笑いながら問いかける清瀬に対し、紅原は軽く小首を傾げてみせただけだった。

遠く、パトカーのサイレン音が響いてくる。

「……もう……誰も殺さなくていいんだな……」

それまで微笑んでいた清瀬の顔から表情がすっと消え、まるで人形のような面持ちとなった彼の口からぽつりとその言葉が漏れた。

「優衣」

青江は名を呼んだが、やはり清瀬は顔を上げようとせず、紅原に支えられた状態でその場に立ち尽くし、じっと床を見つめていた。

人を愛せない男——いや、実際俺は、お前を愛していたよ。

多分。

我知らぬうちに『多分』という言葉を付け足してしまった青江の唇から、やはり我知らぬうちに深い溜め息が漏れていた。

清瀬の言うとおり、今まで肌を合わせてきた相手のことを、何者にも奪われたくないと切望するほど愛した経験が自分にはないかもしれない。それが動機となったのなら、やはり責任はとるべきではないだろうか。そう思い、清瀬を見つめていた青江は、視線を感じふと紅原を見やった。

「人を殺してはならない。それは社会常識であり、人として最低限のモラルです」

紅原がちらと青江を見やったあと、すっと視線を逸らせ、敢えて作ったと思しき淡々とした口調で清瀬にそう告げ、顔を見下ろす。

「だよね」

苦笑し、俯いた清瀬の肩が震えている。彼が流す涙の意味を自分が正確に知り得る日は来るのだろうか。できることなら来てほしいものだと思いながら青江は、細かく震える清瀬の華奢《きゃしゃ》な背を、その背を支え立ち尽くす紅原の端整な横顔をいつまでも見つめ続けていた。

パトカーはすぐに到着し、清瀬は紅原と共に連行されていった。

結局最後まで彼は青江と目を合わせてくれることはなく、そのためなかなかに複雑な思いを抱きながらも青江は、上司、笹沢にすべてを報告するべく職場に戻った。

「信じられん！」

笹沢の反応はある意味、青江の予想どおりだった。青江は敢えて動機の部分を伏せたが、笹沢もまた追及をしてこなかったところを見ると、言わずとも察していたということかもしれなかった。

「当分、お前は自宅待機だな。マスコミが興味を失うまで大人しくしておけ」

忌々《いまいま》しげに笹沢は言い捨てたものの、青江が「申し訳ありません」と深く頭を下げると一言、

「お前に責任はない」

と彼らしくない、優しいとしかいいようのない言葉をかけてくれた。

清瀬逮捕のニュースはその日のうちには流れなかった。翌日、警視庁が記者会見し初めて

あきらかになったが、清瀬が四人もの――キャバクラ勤務の女性を含めれば五人もの人間を殺害した動機は、心神喪失状態での犯行であるため不明ということでまとめられており、月末退職予定だったことは報道されたものの、その理由が代議士令嬢との結婚であるのは伏せられていた。

青江のもとに紅原から会いたいと連絡が入ったのはそれから約一週間後のことだった。日曜日の午後三時という時間だったが、まだ青江は自宅待機中で復帰の目処《めど》は立っておらず、半ば自棄になっていたこともあって、このところ昼間から飲酒癖がついていたため、曜日の感覚はなかった。

『今、近くまで来ているのですが伺っていいですか?』

電話の向こうから聞こえてきた紅原の声はさりげなさを装っていたが、少し緊張しているように聞こえた。

事件の証言でも得ようとしての訪問だろうか。だとしたら笹沢の許可を得る必要があるため断らねばなるまい。頭ではそう考えていたはずなのに、青江の口から出た言葉は、

「待ってるよ」

という、実に軽い、そして意に反したものだった。

『……五分ほどで着くと思います』

紅原が戸惑っているのが電話越しに伝わってきたが、彼は何を追及してくることもなくそ

う言い電話を切った。

五分か――青江は『荒れている』としかいいようのない室内を見渡し、やれやれと溜め息を漏らした。

片付ける時間はない。が、せめてソファの上に散らばっている服と、テーブルの上に転がっているビールの空き缶くらいは片付けておくかと、それぞれを寝室とキッチンに運んだ直後、インターホンが鳴った。

五分じゃないじゃないか、と苦笑しつつディスプレイを見やり、そこに紅原の顔を見出したのだが、そのとき青江の胸には懐かしいとしかいいようのない感情が一気に湧き起こり、青江本人を戸惑わせた。

「入ってくれ。散らかっているけど」

オートロックを解除し、振り返って本当に『散らかっている』部屋を見やる。きっと呆れるだろうな、とわかりつつも、これ以上片付ける気力もなく、玄関のチャイムが鳴るのをただぼうっとした状態で待っていた。

紅原とは約一週間ぶりに会う。たった一週間だというのに、彼と共に捜査にあたった日々がかなり遠い過去の話のような気がした。

会いたかった？　惚れたなと自覚はしたが。そんなことをつらつらと考えているときにドアチャイムが鳴り、青江は玄関へと向かった。

「どうぞ」

ドアを開け、紅原を中へと招こうとし、彼がスーツ姿ではなく私服であることに驚いた。

「……お邪魔します」

紅原もまた、驚いた顔をしている。理由はすぐにわからなかったが、次の言葉で察することができた。

「昼から飲んでたんですか」

責めるような口調で問われ、ああ、息が酒臭かったのかと察した青江が彼を振り返り詫びる。

「悪い。ただ頭ははっきりしているよ」

「…………」

呂律《ろれつ》も怪しくないと自分では思うのだが、と青江は思うも、紅原の顔は微妙な表情を浮かべたままだった。

「飲むかい？」

リビングに彼を通し尋ねたが、おそらく断るだろうなと青江は予測していた。またミネラルウォーターをと言われるだろうか。コーヒーくらい淹れるかと思っていたのに、紅原の答えは、

「はい」

という予想外のもので、キッチンに向かいかけていた青江はつい、振り返って顔を見てしまった。

「今日は休みなんですよ」

紅原がふと目を逸らし、言い捨てるような口調でそう告げる。

「自分だけ素面《しらふ》というのもなんですから」

「休み……ああ、そうか。日曜か」

ここでようやく青江は曜日に気づき、だからこその私服か、と紅原の格好をざっと見やった。

白シャツにジーンズ。爽やかだなと思うと同時に、ネクタイを締めていないためにシャツの襟元《えりもと》から覗く鎖骨に欲情を覚え、自嘲する。

やはり酔っているのかもしれない。下手な振る舞いをして引かれないよう気をつけねば。

そう思いながら青江はキッチンへと向かい、冷蔵庫から缶ビールを二缶取り出してまたリビングに戻った。

「荒れてますね。前に来たときとは大違いだ」

既にソファに腰を下ろしていた紅原が周囲を見回しながらそう言ったあとに、青江が差し出したビールを受け取る。

「まだ謹慎中なんですか」

「謹慎というか……自宅待機？」

青江は紅原の隣に腰を下ろすと、プシュ、とプルタブを上げた。紅原もまたプルタブを上げる。

「乾杯」

「乾杯」

何に、ということは言わず、互いに缶を軽くぶつけると、暫く無言でごくごくとビールを飲んだ。

「何かツマミになるものでも持ってこようか」

半分ほど飲んでしまってから青江が缶をセンターテーブルに置き、立ち上がろうとすると、紅原は「いいですよ」と告げ、彼も缶をセンターテーブルに下ろした。

改めて身体を青江のほうに向け、じっと目を見つめてくる。

「なに？」

青江もまた紅原へと身体を向け、真っ直ぐに彼を見返す。

「気にならないんですか？　取り調べの内容」

紅原の問いに青江は答えを迷った。

気にならないと言えば嘘になる。だが気になっているのは清瀬の供述に自分の名が出ているかということより、どちらかというと清瀬本人の体調や精神状態だった。

「……元気か？　清瀬は」

それでそう尋ねたというのに、紅原はそれを青江の欺瞞《ぎまん》とでも思ったらしく、少々むっとした顔になると目を逸らし、やや攻撃的とも感じられる口調で話し始めた。

「取り調べは難航しています。彼は一言も喋りません。あなたのことも」

「……俺は『元気か？』と聞いたんだけど」

青江の問いかけを聞き、紅原は再び視線を戻してきた。

「元気ではないです。精神的にはかなり不安定で。演技ではないと思いますが」

「自殺なんてさせないでくれよ」

「…………」

軽口を叩いたつもりはなく、どちらかというと本心だったのだが、紅原はあからさまにむっとした顔になり青江を睨んで寄越した。

「口封じをするとでも？」

「そういうつもりでもないよ。なんだか今日は君を怒らせてばっかりだな」

青江が苦笑し頭をかく。

「酔ってることを言い訳にするつもりはないけど、酔ってるんだ。それに、一週間も自宅待機を命じられて随分とくさってる。君は悪いときに来た。部屋も散らかっているしね」

「あなたも精神的に参ってるってわけですね」

紅原の機嫌は相変わらず悪い。だが声に少しだけ同情が滲《にじ》んでいる気がして、青江は彼をまじまじと見やった。

「なんです？」

紅原が居心地悪そうに視線を逸らせる。

「いや、何しに来たのかなと。事情聴取ですか？」

来訪の目的をまだ聞いていなかった。問うた青江の目の前で、紅原の目が泳ぐ。

「それは……」

「俺自身、麻薬取締部の意向は知らないんだ。隠蔽を警察に申し入れたか等の情報も耳に入ってきていないし、ああ、そうだ。口止めもされていない。口止めせずとも喋るなってことだろうけど」

「実際、要請があったかはわかりません。が、警察も一麻薬取締官の心神喪失状態での犯罪ということで片をつけようとしているようです。ただ圧力がかかったのだとしたら厚生労働省ではなく、清瀬の婚約者の父親からでしょうね」

「ああ、そっちか。なるほどね」

それなら警察が口を閉ざすのもわかる、と大物代議士の名前を思い浮かべたあと、青江はふと思いつき、紅原に尋ねた。

「婚約者のお嬢さん、さぞショックを受けているんだろうな」

婚約者の若い女性は、清瀬の白皙《はくせき》の美貌に惚れ込んでいるという噂だったのを青江は思い出していた。それが『他に好きな人がいる』とふられた上、五人もの人間を殺した殺人犯であることがわかったのだ。ショックを受けないわけがない。そう思い呟いた青江の言葉を紅原はすぐさま否定した。

「そうでもないらしいですよ。逆に愛を感じているそうです。自身の罪が暴かれそうになったのを察し『好きな人がいる』と嘘をついて婚約を破棄してくれたのは自分への愛情だという解釈だそうで」

「なんというか……幸せな人だな」

心配して損をした、と思わず吹き出した青江に紅原が肩を竦めてみせる。

「女性は逞《たくま》しい」

「男性のほうがか弱いって？　まあ、精神的にはそうだろうな」

こうして酒浸りの日々を過ごしているのもその表れかもしれない。自嘲した青江を暫じっと見つめたあと、紅原は手を伸ばしセンターテーブルに置いたビールを取り上げた。青江もまた同じくビールの缶を口へと持っていく。

「……パトカーの中で」

ごくり、と一口飲んでから、紅原がぽつりと言葉を発した。ビールを飲みかけていた青江は缶を口から離し、横に座る彼を見やった。

「清瀬は……失礼、清瀬さんは、取調室では何も喋りませんが、ここから警視庁へと向かった車中で少し、話をしていました。主にあなたのことを」

「…………そう…………」

何を話したのか。恨み言か。それとも——『それとも』のあとが何も思いつかないことに青江はなぜか罪悪感を覚えた。

「何を言ってた?」

聞けば後悔するかもしれない。だが聞くことは少なくとも清瀬に対する義務だ。この『義務』という単語を頭に浮かべたときにも青江は罪悪感めいた気持ちを抱いた。

「抽象的なことです。ここでも言ってましたよね。あなたは愛を知らないって」

敢えて作った淡々とした口調で、紅原が答え、ビールを飲む。

「……ああ……」

確かにそう言われた。頷く青江の横で紅原は言葉を続けた。

「おそらく、今まで本気で愛した人間は一人もいないだろう……そう言ってた。彼はもしかしたら『たった一人』になりたかったのかもしれない」

紅原がそう言い、青江を見る。

「……なるほどね」

ああ、それが動機だったのか——青江はこの瞬間、清瀬の行動が彼のどのような感情から生まれたものかを察することができたのだった。

愛されることがないのなら、違う意味で『たった一人』になりたい。記憶に刻み込みたい。そういう思いから彼は凶行に走ったのではないか。

だとすると責任はやはり自分にあるというわけだ。思わず青江の口から深い溜め息が漏れた。

「青江さん？」

紅原が心配そうな様子で呼びかけてくる。彼を案じさせるほど、落ち込んでいるように見えるのか、と思うと同時に、確かに自分は落ち込んでいるなと青江は改めて気づいた。

「ああ……悪い。確かに俺にはそういうところがあるかもしれない。とはいえ、優衣の——清瀬のことは好きだったよ。別れたいという彼の言葉に従ったのも、彼の幸せを祈ったからだ。でも愛してなかった、といわれると否定はできないというか……」

「『好き』と『愛してる』は違うんですか」

紅原が眉を顰め問いかける。

可愛いな——つい、その頬に手を伸ばしてしまっていた青江は、紅原が身体を引いたのを見て、自身の節操のなさを自嘲した。

「違わないと俺は思う……けど、多分、彼にとっては違ったんだろう。もしかしたら今まで付き合ってきた相手も『違う』と思っていたかも……」

考え考え、青江は喋り始めた。『違わない』というのは欺瞞であるという自覚はあるものの、気持ちの上では、清瀬も、そして今までの恋人も、そのときの自分にとっては唯一無二の相手ではあった。

だが『愛していた』かと問われれば、答えに迷う。それもまた事実だった。

「愛……か」

思わずその呟きが、青江の口から零れる。

「愛……」

紅原もまた呟き、困ったような視線を青江へと向けてきた。

「愛ってなんだろう？」

青江がそんな紅原の視線を受け止め、問いかける。

「さあ」

紅原は首を傾げたあと、

「自分に限っていえば、『家族愛』くらいしか体験したことありませんね」

と言葉を続けた。

「恋人は？」

三十になるまで恋人がいなかったわけではないだろう。驚き問いかけた青江に、紅原が首を横に振る。

「付き合った相手は普通にいましたけど、『愛して』いたかは自信がない。そこまでのめり込めてはいなかったかなと」

「ああ、なるほどね。自分ありきではまだ、愛じゃないってことか」

紅原の解釈は、青江にとって大きく頷けるものだった。

「要するに愛は『アガペー』なわけだ。自分を滅し、相手の幸せだけを祈る、という……」

「自分を滅するという意識があるうちは『愛』じゃないのかも。自己犠牲を自覚した瞬間、偽物になりそうな気はします」

紅原はそう言ったあと、ふと我に返った顔になり、参ったな、と苦笑した。

「なんで我々は今更の恋愛談義をしてるんでしょう」

「恋愛、じゃなくて『愛』だろ」

言いながら青江は再び手を伸ばし、紅原の頬へと向かわせた。

「恋愛ならもっと……気易く踏み込める気がする」

「それがいけないんですよ」

紅原が笑って青江の手を摑む。暫し見つめ合ったあと、紅原が口を開いた。

「第一、こんなの『恋愛』じゃないでしょう?」

「いや、俺は好きだよ」

そう告げながら青江は身を乗り出し、紅原に顔を寄せた。

「好き？　僕を？」

青江の意に反し、紅原は身体を退《ひ》くことなく青江に問い返してきた。

「ああ。惹《ひ》かれるものを感じてた。二度と会えないと思っていたから、こうしてまた会えて嬉しいよ」

軽い。嫌になるほど。でも決して嘘ではない。果たして紅原のリアクションは、と青江は近づきすぎて焦点が合わなくなりつつある紅原の瞳を見つめた。

「奇遇だ。僕もあなたに惹かれるものを感じていた」

「え」

冗談か。それとも本気か。戸惑いの声を上げた青江は不意に紅原に押し倒され、ぎょっとして彼を見上げた。

「自覚はなかった……けど、気になって仕方がなかった。二度と会うことはないはずだったのに、気づけば休日にこうして訪ねてきてしまっている」

「……ということは、なに？　事件とは関係なく来てくれたってことか？」

その可能性は少しも考えていなかった。驚き問いかけた青江は、次の瞬間、紅原が自身に伸《の》し掛かりつつ唇を塞《ふさ》いできたことに更に仰天し、抵抗することも忘れてしまった。

「……ん……っ」

貪《むさぼ》るような獰猛《どうもう》なキスだった。紅原の、取り澄ました外見を裏切る野獣の本能に、青江の欲情は一気に高まり、今、この瞬間にも彼を征服したいという欲求を堪えるのが困難になってきた。

紅原の舌が口内に入ってきて、青江の舌に絡みつく。きつく吸い上げられる、その感触に青江の背筋をぞくぞくとした戦慄《せんりつ》が走り、最早我慢できない、と強引に体勢を入れ替えようとした。要は主導権を取ろうとしたのだが、紅原の身体はびくとも動かなかった。

「……え……」

ちょっと待て。慌てて青江は紅原の胸を押しやり、唇を離そうとした。

「……え?」

紅原が不満そうに唇を離し、問いかけてくる。

「思いは同じじゃないのか?」

「同じ……ではあると思うけど、俺が上だろう?」

紅原はゲイではないと、前にも言っていた。男同士でそうした行為に及ぼうとしているのであれば、主導権は経験者である自分が握るべきである。

それゆえそう主張した青江に対し、紅原はきっぱりと首を横に振った。

「上は僕だ」

「どうして?　やったことないだろう?」

「経験の有無じゃないはずだ」

「いや、有無だよ」

「下にはなりたくない」

「俺もだ」

空《むな》しいとしかいいようのない言い合いのあと、青江は紅原を見上げ、紅原は青江を見下ろし、はあ、と溜め息を漏らした。

「これは『愛』じゃないな」

「アガペーなら、ポジションを譲るだろうからな」

苦笑した青江に紅原が「でも」と言葉をかけてくる。

「『愛』はアガペーだけに限られるわけじゃないだろう。我を通す『愛』があってもいいと思うが」

「……お前は……」

要は元気づけてくれているということか。思わず笑ってしまった青江だったが、再び彼が唇を塞ごうとしてきたのは顔を背け、抵抗した。

「どうして」

いかにも不満そうに問うてくる紅原に青江はきっぱりと言い捨てた。

「上は、俺だ」

「いや、僕だ」

「やり方、知らないだろうに」

コレは効果的な言葉だと思っていた青江だったが、紅原の返しは彼の想像を超えていた。

「大丈夫だ。調べてきた」

「いきなりセックスかよ」

吹き出した青江を見下ろし、紅原が言葉を探しつつ、告げてくる。

「勿論、嫌ならしない。でも……嫌じゃないのなら、しない理由はないよな」

「なんていうかお前は……見た目を裏切るね」

青江の言葉に紅原が「どういう意味だ？」と眉を顰め問い返す。

「そんながっついたイメージはなかった」

「がっついて――はいないと思う。ただ……」

ここで紅原は言葉を句切り、青江をじっと見下ろしてきた。

「『ただ』？」

なんだ、と青江が問い返す。

「好きだと自覚した以上、新たな世界に踏み出したい。結果、見えてくる光景もあると思うから」

「…………」

紅原の言葉を聞き、青江は、思わず心の中で呟いた。

それこそが――愛だ、と。

自分ありきでは『愛』ではない。それも真理ではあろうが、自分がなければそこに『愛』は成立しない。思い思われ、共に手を取り道を進んでいく。二人してこれから目の前に広がっていくであろう光景へと思いを馳《は》せるのが――愛、ということかもしれない。

しかし、だからといって彼の希望通り、『下』に――抱かれる側になるわけにはいかない、と渾身《こんしん》の力を込め、紅原の胸を押しやる。

「どうして」

「俺が上だ」

「僕だ」

「俺だって」

またも言い争いになったが、先ほどより、青江には余裕があった。

「それならさ」

言いながら手を伸ばし、紅原のジーンズの前を摑む。既に彼の雄は熱く、硬くなっていて、ジーンズ越しにもそれがしっかり伝わってきた。つい、笑ってしまうと紅原が羞恥に頬を染める。

やはり可愛い――が、何を言ったところで彼が聞く耳を持つとは思えない。心の中で苦笑すると青江は、これなら相身互いだろう、と思う言葉を口にした。

「今日のところはまずは、互いに触り合う、くらいにしておかないか？」

「……え？」

問い返してきた紅原の、ジーンズのファスナーを下ろし、中に手を突っ込む。

「……ああ……」

それでようやく紅原にも意図は通じたようで、わかった、と頷くと彼もまた青江のスウェットに手を突っ込み、青江がしているのと同じく彼の雄を握り込んだ。

「ん……っ」

「……っ……」

違いに瞳を見つめ合いながら、ゆっくりと手を動かす。青江の手の中で紅原の雄はあっという間に硬度と熱を増していった。同じく己の雄が紅原の手の中で昂《たか》ぶってくるのがわかる。

「……っ……ん……っ」

紅原の嚙みしめた唇から、抑えた息が漏れる。セクシーだ、と微笑もうとした青江の口からも堪えきれない喘《あえ》ぎが漏れた。

「……ぁ……っ」

「ん……っ」

青江の喘ぎを聞き、紅原の雄が一段と硬さを増す。

互いを抱きたいと欲し、双方とも一歩も譲らない。そんな場合、行為の着地点は果たしてどこになるのだろう。

この先、時間をかけてそれを見守っていきたい。そこに『愛』があるのはおそらく間違いないと思うから。

青江は紅原の、綺麗に剝《む》けている雄の先端のくびれた部分をこれでもかというほど擦《こす》り上げた。紅原は、びく、と身体を震わせながらも、青江の雄を扱《しご》き上げ、尿道に爪を立てて、ぐい、と強く抉《えぐ》ってくる。

「……ぁ……っ」

「んん……っ」

ぬちゃぬちゃという、先走りの液が滴《したた》る指が立てる音が互いの下肢から響いてくる。もう、我慢はできない。互いの目を見つめながら青江と紅原、二人して頷き合うと、それぞれの雄を握る手の動きを速めていった。

「あっ……」

「あぁ……っ」

ほぼ同時に青江と紅原は達し、二人して悩ましい声を上げつつ白濁した液を互いの手の中へと放つ。

整わない息の下、紅原が唇を塞いでこようとするのを青江は微笑み、彼の背を抱き締めながら受け止めた。

「ん……」

精を吐き出したと同時に、この一週間、悶々《もんもん》と胸の中で燻《くすぶ》り続けていたマイナス感情をも吐き出すことができたような錯覚に陥っていた青江は、そんな気持ちを抱かせてくれるきっかけとなった紅原の背を感謝の念を込め、尚もきつく抱き締めた。紅原もまた青江の身体を強い力で抱き締めてくる。

「……次は……抱いてやる」

紅原がぼそりと呟く、その言葉に青江は笑ってしまいそうにはなったが、何も言わず彼の背を抱き締め返した。

抱かれることになるか否かはわからない。だがこの行為は少なくとも紅原にとって、『新たな世界』に飛び出すものになり得たということは、満ち足りた彼の表情を見ればよくわかった。

愛とは何か。清瀬との関係では——清瀬以外にも、これまでの恋人との間では考えることのなかったその概念を、紅原ははっきりと自分に示してくれることだろう。

結局は出会ったその瞬間から自分は彼の虜《とりこ》になっていたのだと青江は苦笑しつつも、これから始まるであろう彼との新たな日常が自身にとって、何より彼本人にとって有意義なものであるようにと祈り、決して華奢とはいえないその背を抱き締め続けたのだった。

あとがき

はじめまして&こんにちは。愁堂れなです。

この度は五十八冊目のルチル文庫となりました『乗るのはどっちだ』をお手に取ってくださり、本当にどうもありがとうございました。

どちらも身長が百八十センチ超という、攻×攻チックなお話を目指した本作、いかがでしたでしょうか。

とても楽しみながら書きましたので、皆様にも少しでも楽しんでいただけましたら、これほど嬉しいことはありません。

イラストをご担当くださいました麻々原絵里依先生、かっこよすぎる紅原と青江を、美麗な清瀬をありがとうございました！

キャララフを頂いた際、あまりの素敵さに、攻×攻書いてよかった、と幸せ気分を満喫させていただきました。特に青江が激ツボです！

お忙しい中、素晴らしいイラストを本当にどうもありがとうございました。

また、今回も大変お世話になりました担当様をはじめ、本書発行に携わってくださいましたすべての皆様に、この場をお借り致しまして心よりお御礼申し上げます。

最後に何より、本書をお手に取ってくださいました皆様に、御礼申し上げます。

お互いが攻になりたいと主張し合うというシチュエーションは大好物なので、今回書けてとても嬉しかったです。

よろしかったらお読みになられたご感想をお聞かせくださいませ。心よりお待ち申し上げます。皆様のご感想が執筆の糧となっています。

次のルチル様でのお仕事は近々文庫を発行していただける予定です。『闇探偵』シリーズの新作と、以前、ルナノベルズから発行していただいた『COOL～美しき淫獣～』の文庫化となります。こちらもよろしかったらどうぞお手に取ってみてくださいね。

また皆様にお目にかかれますことを、切にお祈りしています。

平成二十七年五月吉日

愁堂れな

（公式サイト『シャインズ』http://www.r-shuhdoh.com/）

✦初出　乗るのはどっちだ……………書き下ろし

愁堂れな先生、麻々原絵里依先生へのお便り、本作品に関するご意見、ご感想などは
〒151-0051 東京都渋谷区千駄ヶ谷 4-9-7
幻冬舎コミックス　ルチル文庫「乗るのはどっちだ」係まで。

幻冬舎ルチル文庫

乗るのはどっちだ

2015年6月20日　　第1刷発行

✦著者	愁堂れな　しゅうどう れな
✦発行人	伊藤嘉彦
✦発行元	株式会社 幻冬舎コミックス 〒151-0051 東京都渋谷区千駄ヶ谷 4-9-7 電話 03(5411)6431[編集]
✦発売元	株式会社 幻冬舎 〒151-0051 東京都渋谷区千駄ヶ谷 4-9-7 電話 03(5411)6222[営業] 振替 00120-8-767643
✦印刷・製本所	中央精版印刷株式会社

✦検印廃止

ISBN978-4-344-83446-0　C0193　Printed in Japan